サラム ひと

崔 真 碩

夜光社　民衆詩叢書 1

JN244981

目次

〈散文〉

はじめに

サラム　ひと。私は、２０１１年3月12日の東京電力福島第一原子力発電所の爆発以降、この言葉を生きてきた。この言葉に生かされてきた。言葉は力だ。この力があなたにも届くといい。届け。

３・12を境にして、私の世界は変わった。しかし、私は何も変わっていない。チョソンサラムという言葉を生きてきたし、影の視座から世界を見つめてきた。

チョソンサラムからサラム　ひとへ。影の東アジアから影の被曝者へ。３・12後、私はより私になり、より繊細に世界を把握し直した。私は脱皮したのだ。

３・12後、私は自分がアナキストであることを自覚した。決意した。同時に、私は朝鮮人、朝鮮を愛している。朝鮮。この言葉から歴史をやり直すという、３・12以前からの決意には何等変わりはない。

ダブル。民族主義者でアナキストであること。この葛藤、ダブルが今の私の原動力だ。楽しい。しっくりとくる。今まで生きてきたことの証しだ。

民族主義を乗り越えるまでにはじつに長い時間がかかった。この国で朝鮮人として生きること、朝鮮と向き合うことはじつに難しい。緊張する。しかし、だからこそ、朝鮮を受け入れることで鮮明になる世界はじつに愛おしい。私はこの愛おしさ、朝鮮をあなたに手渡しで伝えたい。伝えたい。

アジアの残傷。あるいは、残傷としてのアジア。私にとっての朝鮮をそう言い換えてもいい。朝鮮はアジアの残傷であり、アジアの残傷は朝鮮に通じている。沖縄、台湾、済州島、光州、平壌、南京、重慶、広島、長崎、バンコク、ベトナム、ラオス……朝鮮を掘り下げれば掘り下げるほど、私はアジアとチョッケツする。

チョッケツとは何か。それは直結であり、同時に、ヤンキーなどがバイクや車を盗難する時に使う技法で、スターターの配線を短絡させてエンジンを起動する方法を指す隠語である。

〈サラム　ひと〉の方法論は、チョッケツだ。〈サラ

ム　ひと〉は文字通り、朝鮮語のサラム（人の意）と日本語のひとの直結であるが、同時に、私やあなたとアジアをチョッケツする詩語である。サラム　ひと。サラーム　ひと。サラムとひとを短絡させる時、アジアが起動する。日韓連帯や東アジア共同体やＡＳＥＡＮという国民国家のアジアではない、民衆のアジアが。
サラム　ひと。サラーム　ひと。直結、直感、分有、ダブル、そして多数。チョッケツの潜勢力で、私はあなたと共に未来を変えたい。ヒロシマとフクシマ。後ろ向きのままで、さあ、私たちの未来の入り口をしっかりと潜ろう。

失われたよい地獄。たまに２０１１年や２０１２年のことを思い出す。かつても今も地獄だが、あの頃の地獄の方がまだマシだったのではないか。出口がない。どんどん奈落の底へと沈んでゆく。時代の重さと速さに圧し潰されそうになる。全体主義。恐怖政治。ファシズム。レイシズム。新自由主義大学改革。息苦しくて窒息しそうになる。いや、もうすでに？

死ぬな。生きろ。死ではなく、詩を。死ではなく、生命を。生きていることの声明としての詩を。声明としての死ではなく、生命としての詩を。死と生命。詩と声明。詩は生命だ。私たちは、詩人／死人、詩／死と共に生きている。生きている。

革命韓国。民衆の力。非暴力の力。ヘル朝鮮から統一朝鮮へ。これからも様々な困難と紆余曲折を経るだろうが、朝鮮戦争はいずれ終結する。朝鮮戦争終結はアジア冷戦の終結を意味する。ようやく冷戦を脱し、アジアがアジアになってゆく。革命アジア。民衆の力。非暴力の力。サラム　ひと。サラーム　ひと。

東アジア拒日非武装戦線。広島や九州の友人たちと結成した。今、５人くらいいる。反日ではなく拒日。武装ではなく非武装。このスタンスは、東アジア反日武装戦線、大道寺さんたちの青春への魂の応答だ。チョッケツ東アジア、東アジアとチョッケツする俺たちの青春だ。そしてこれは、大道寺さんに贈る俺からの返句だ。〈跳ねてゆけ虹の彼方に　茹でガエル〉。

誇り高く、しぶとく、生き抜く。残傷の音を聞く。地獄を逆転して、この手で、地上の楽園を築く。この世はもっと素敵なはず。まずは、地道に読書会だ。サークルだ。ユンタクだ。映画だ。テント芝居だ。米作りだ。

あなた。そう、あなた。東洋平和を希求している、あなた。いつも心に革命の火を灯している、あなた。心底この日本という国に愛想が尽きた、あなた。友よ。さあ、一緒に。

詩集　サラム　ひと

クオキイラミの言葉

目を覚ますと、もう夜だった。

月が出ている。

光のない、真っ黒い月だ。

見上げていると吸い込まれそうになる。

海を見ると、水平がやや傾いて震えている。

海は海で、なんとか月に吸い込まれまいと踏ん張っているんだな。

ふと横を見ると、人が立っている。

こっち側にも。

どうやら２０人ほどいるようだ。

覚えのある顔もある。よおっ。

いてえっ。アヤッ。

手を上げようとしたら激痛が走った。

えっ。針金だ。

針金が手首に食い込んでいる。

隣の人にも、その隣の人の手首にも。

そうか、針金で繋がっているんだ、この列は。
○△□×、○△□×！！
後ろから怒鳴り声が聞こえた。

振り返ると、棍棒や銃を持った連中がいて、
その後ろには軍服を着た奴らが腕組みしてこっちを見ている。

米軍だ、米軍の将校だ。

列が動き出した。

海、海に向かって。

深手を負ったムカデみたいにくねくねと身をよじりながら、のろのろと列は海に入っていく。

俺は波に身をさらわれないように足を踏ん張って歩いた。

もう腰まで海に浸かっていた。

でも、なぜだ。

なぜこの列は溺れるために進んで行くんだ！？

うぉー、うぉー。

隣の男がいきなり声を上げた。

そして、身体を翻した。

あっ、いてえっ。

俺の腕は反対側に捩じれた。

針金が、骨に、食い込む。

他の男たちも喚声を上げながら次々に身を翻していく。

あっ、いてえっ。アヤッ、アヤッ、アヤッ。

パーン、パーン。銃撃音が始まった。

銃撃音が鳴り響く中、列は海に身を沈めたり浮かび上がったりして、関節の外れた腕で繋がりながら、ダンスするように動き続けた。

ぷぅー、はぁー、ぷぅー、はぁー。

ぷぅーはぁー、ぷぅーはぁー。

ぷーはー、ぷーはー。

ぷ、は、ぷ、は。

ぷは、ぷは。

気持ちは焦るのに、身体は笑えるほどスローモーションだ。

それは、泳ぎの下手な、一匹の太刀魚だった。
○△□×、○△□、○△、○、△・・・・・・・・・・・・・・・
俺たちの喚声は黒い月に吸い込まれてゆく。

もう音がしない。

俺たちがどんなに叫んでも、何の音もしないんだ。

危機の瞬間にさっと閃く過去のイメージ。

いや、閃くというよりは、憑依する、というのがより正確だ。

危機の瞬間に閃く過去のイメージは、死者と共に在るからだ。

針金は私に憑依し、他人事とは思えない痛み、悼みとなった。

恐ろしい形相で声を上げる男の顔。

海の中でもがきながら必死に息継ぎする男の顔。

岩場に打ち上げられてぴくりとも動かない男の顔。

私の脳裏に刻み込まれた顔、顔、顔。

消すことのできないイメージ。

私は顔たちと共に生きている。

済州島から沖縄、台湾、そして朝鮮半島で繰り返された、アジア冷戦の虐殺。

済州島の江汀《カンジョン》、沖縄の辺野古、高江……

それは過去のものではなく、現在も遍在する暴力なのではないか。

近代の暴力、資本主義の暴力、戦争の暴力、そう言ってしまえば、陳腐に聞こえるかもしれないが、その暴力は依然として猛威を振るっている。

私は未だにその暴力から自由ではない。

だから、針金、私に憑依した過去のイメージは、暴力に晒されている私の、未来記憶なのではないか。

未来記憶とは、その行動をしたら、この先の未来にどんなことが起きるか、どんな自分になれるかという、その行動の先にある未来のイメージのことだが、近代の暴力、資本主義の暴力、戦争の暴力に晒されている、私の未来記憶が針金ということ。

クオキイラミ。

私の未来記憶、到来してしまう、このままの未来を逆流しろ！

私に憑依した最初の過去のイメージ。

それは、ウシロカラササレル、関東大震災時の朝鮮人虐殺だった。

9・17、2002年9月17日の日朝首脳会談後、拉致問題一色に染まった日本社会に生きる中で、ウシロカラササレル、身体に蓄積している怯えを言葉にした瞬間、稲妻のような電撃が走った。

振り返って、今、私はこう思う。

ウシロカラササレルは、ヘイトスピーチが常態化する今日への予感だった、つまりは未来を予感していたのだ、と。

過去のイメージは、単なる過去の記憶ではない。

それは未来記憶なのだ。

私は、クオキイラミ、ウシロカラササレルを逆流して死者と出会い直し、幽霊の身体で生きてきた。

後ろから竹槍で刺されてはいないが、ウシロカラササレルを予感した時点ですでに刺されているような感覚。

それは、私の世界の終わりだった。

しかし、それは始まりでもあった。

私は朝鮮人であることを受け入れ、朝鮮人と名乗りだした。

同じ頃、私はテント芝居「野戦之月」の役者になった。

ウシロカラササレル朝鮮人の身体、土舞台の上であの世とこの世の媒体となる役者の身体。

私は幽霊の身体で、今日の最悪の状況を冷静に受け止めつつ、その未来を見据えている。

サラム　ひと。

サラーム　ひと。

私は、クオキイラミ、過去の突き当たりを通り抜けて、未来に出た。


毎朝、列に並んでは、ぎゅうぎゅう詰めに詰められて電車に乗る。

息ができないくらいの満員電車。

身動きが取れないまま、車内にびっしりと貼り付けられたつり革広告、ドアの上のテレビモニターから流れるニュースやCMを見せられる。

パナソニックの冷蔵庫に、北朝鮮のミサイル、そして天気予報。

要らない情報、洗脳ニュースが、脳内に垂れ流される。

殺気立つ車内の空気。

とにかくこの息苦しさを忘れたいから、無我の状態でテレビモニターを見る。

無音だからか、ついつい見入ってしまう。

私の脳内は大量生産・大量消費型経済の植民地だ。

人身事故。

日常茶飯事のように起こる出来事。

そのほとんどは自殺なのだが、真実を誤摩化すマジックワード。

働きに行くこのぎゅうぎゅう詰めの列は、列からふらふらとドロップアウトした人の自死は、これは、現代の虐殺ではないのか。

ソフトな虐殺。

済州島4・3事件の虐殺と現代のソフトな虐殺に通底する

暴力。

それは、植民地的近代、アメリカ型資本主義、アメリカの戦争だ。

「ふざけんなよ、仕事に遅れるじゃねえか、次の電車でやれよ」

「マジ最悪。とりあえず、つぶやいておくか」

「人身事故?!　山手線か。中央線じゃなくてよかった」

死者と生者との間にある、生者と生者との間にある、この如何ともしがたいズレ。

同じ時間を生きているはずなのに、完全に別の時間を生きている。

無関心。

針金に無感覚な人たち。

近代・資本主義・戦争を相対化せず、それらにどっぷりと浸かっている人たち。

届かない。どんな言葉も届かない。

この如何ともしがたいズレの前に、足は竦む。

何もできない。

周囲に目を向けると、ズレだらけであることに気づく。

私はズレたちと共に生きている。

先日、羽田空港の喫煙室で出くわした、こんなズレもいた。

密室ゆえに聞きたくなくても聞こえてくる話によると、どうやらこれから韓国旅行する一行のようだ。

A：ああ、釜山に行ったら、カジノやりてぇ、実弾打ちてぇ〜。

B：なあ、年末はラスベガスに行こうぜ。

C：銃乱射事件があったし、ヤバくねえか。

A：いや、それ以前に、飛行機代がマジえぐいぜ。

きんきらの腕時計。死んだ目。安っぽい靴。

日本人でよかったな。

射殺。パーン。


国家・社会は、戦争の痕跡の上にある。

日本は、アメリカにぼろ負けした痕跡の上にある。

朝鮮は5人に1人が亡くなった朝鮮戦争の傷痕の上にある。

過去の痕跡をたどり直し、過去を克服しなければ、未来へは行けない。

堂々巡り、死に体の現在が繰り返される。

過去未来、過去は未来の入り口だ！

時計的な時間は一秒一秒、前へ前へと進んで行くが、人にとっては、その時間がすべてではない。

過去、現在、未来という単線的な時間の流れが絶対ではない。

過去に未来があったり、過去に現在を生き抜くヒントがあったりする。

歴史から学ぶとはよく言うが、それは過去に蠢いている未来を掬えという格言だ。

人は、過去と真剣に向き合い、過去は終わらないこと、過去は過去で動いていることを知ることで、今ここの足元が見えるし、今ここから未来を思い描くことができる。

過去未来、過去は未来の入り口なのだ。

けれども、その過去があまりにも傷だらけで、とてもじゃないが向き合えない、その過去から必然として流れてゆくであろう未来が残酷すぎる時、人は夢を見たり、解放の幻想を抱いてしまう。

そうして、過去をきれいに忘却する。

２０１１年3月12日の東京電力福島第一原発の爆発、収束しない放射能汚染という、近代の成れの果てを生きている現実から目を背け、アベノミクスに２０２０東京オリンピック、バブルよもう一度。

この国の末人は今、夢をばらまき合って生きている。

３・12の傷痕が導く未来記憶はあまりにも無残だから、過去は振り返らない、未来は見ない、今だけ、金だけ、自分だけ。

３・12はなかったことにしたい。

アンダー・コントロール、フクシマは収束できる、廃炉にできる、デブリも取り出せる、イチエフは更地にして芝生の公園にできる、そんな大嘘を付き合いながら生きている、末人。

それは未来ではなく、末来だ。

末来の後の未来。

それはきっと過去からやってくる。

今ここに過去から戻ってくる。

その未来を手放さずに、言葉にしたい。

サラム　ひと。

サラーム　ひと。

3・12と向き合い、ヘイトスピーチ、レイシズム、ファシズムに抗しつつ、私が紡ぎ続けるクオキイラミの言葉。

それは、過去からすでに到来している未来。

それは、近代を脱する人の名前。

それは、末人が変身する人のカタチ。

それは、分有であり、相互扶助であり、私という多数の在り方だ。

私という個人は単数ではない、複数であり、私というのは共有地、分有地だ。

集団の中に私がいるのではなくて、私自身が集団なのだ。

この私感覚、未来だ。

サラム　ひと。

サラーム　ひと。

さあ、過去を潜り抜け、未来へ。

ポスト・ヒューマンは、未知、エックスだ。

末人がどうなるのかは、未知、エックスだ。

エクスヲシタワ！

サラム　ひと。

サラーム　ひと。

変身して、いくつもの道を見つけようじゃないか。

奈落の底へと転げ落ちているこの道ではなく、
全部の感覚を動員して、
いくつもある道を見つけ、
ワタシヲスクエ！

サラム　ひと

3・11後　過疎の村で田んぼを始めた
荒れ果てた休耕地を再生し　稲を植えた
ウンカの被害に遭ったものの　無事に収穫して食べた

無農薬で作った米は　ほんとうに美味しい
自分で作ったから　なおのこと美味しい
3・11後　わたしは初めてお米の味を知った

ひとえに米作りとはいっても
田植えと収穫以外　ひたすら草取りだ
そのなかで発見したことがある

雑草の美しさ　雑草の多様さ　雑草の生命力
雑草にはかなわない
自然の豊かさに圧倒されながら　わたしは草を取る

人間の終焉
近代の成れの果てを生きるなか　1966年のミシェル・フーコーの言葉を想起する
人間の終焉　それはわたしたち近代人の終わりのことだ

〝人間は、われわれの思考の考古学によってその日付けの新しさが容易に示されるような発明にすぎぬ。そしておそらくその終焉は間近いのだ〟*

人間の形象を出現させた近代の知の制度的枠組み《エピステーメー》が過ぎ去り
人間が消滅する
そのとき　フーコーがニーチェに倣って目覚めた超人は誕生するのか

超人とは　行くべき道がない　夢から醒めた状態にある者のことだとすれば
人間の夢から醒め　ゲイとして生き抜いたフーコーこそ超

人ではなかったか
それでは現在　超人とは誰か

資本主義に背を向け　近代を降りる者
子供たちを食わず　未来を歓待する者
孤独に子供のいのちを守る　勇敢な女

3・11後の超人たち
わたしはあえて　それを超人とは呼ばず
〝サラム　ひと〟と呼びたい

超人は言葉が強すぎる
3・11後の超人たちはやわらかい
〝サラム　ひと〟　この響きがしっくりとくる

朝鮮語で〝サラム〟は〝人〟の意
ちなみに〝サラン〟は〝愛〟である
〝サラム〟と〝サラン〟　朝鮮語で人と愛は同じ語源　響き
が似ている

わたしは〝サラム〟というやわらかな響きに
3・11後の〝ひと〟の在り方を託したい
そうして　近代人を　人間を　脱皮したい

今だけ金だけ自分だけの　魂の抜けた多数派
その影で　サラム　ひとの魂は豊かになっている
少数派だけれど　独りで多数　密度がとっても濃ゆい魂だ

魂とは　いのちに敏感である身体のこと
〝たすけて〟　子供たちのいのちの叫びを聞きとる耳
わたしは今　いのちを燃やしている

滅亡を抱きしめるほど　サラム　ひとの魂は豊かになる
人間の終焉から　サラム　ひとの復活へ
終焉は復活

たとえ明日世界が滅びようと
わたしは今日
稲を植える

＊　ミシェル・フーコー『言葉と物　人文科学の考古学』、渡辺一民・佐々木明訳、新潮社、１９７４年、４０９頁。

ウシロカラササレルを越えて

1989年　十六歳の時　わたしは指紋押捺をした
歴史も政治も知らず　日本名を名乗っていたわたしは
外国人が指紋を押すのは当然と思っていた
指紋押捺拒否運動が見えなかった

指紋を押す時
役所の人間や法務省や国家に怒りをぶつけるのではなくて
気まずそうな顔でわたしの傍らに立つ　父親にぶつけていた
〝面倒臭えなぁ〟と

わたしの魂は　植民地コンプレックスに完全に押し潰されていたのだ
どれだけ人間性を　その尊厳を剥奪されていたのかとゾッとする
その後　わたしは損なわれた人としての尊厳を取り戻してきた
逆転の人生だ

〝朝鮮人を殺せ〟
〝良い韓国人も　悪い韓国人も　どちらも殺せ〟
いま再び　わたし（たち）は
人としての尊厳を踏みにじられている

警官に守られながら　ヘイトスピーチを行うレイシストたち
〝殺せ〟という虐殺煽動表現を　公権力が後押ししている
あの時と同じだ
この百年　日本は何も変わっていない

ウシロカラササレル
関東大震災時の朝鮮人虐殺を想起し
朝鮮人であるゆえに虐殺された死者たちとチョッケツしながら
最悪の未来を予感する

１９１９年の３・１独立運動のインパクト
近代以降　日本が朝鮮に対してやってきたことをやり返される
そのありもしない被害妄想に怯えるこの国は
１９２３年の関東大震災時にたくさんの朝鮮人を虐殺した

この二千年来の歴史の中で
朝鮮が日本を侵略したことは一度もない
なのに　なぜか　この国はさらに怯えながら
最悪を更新しようとしている

過去を克服せず
歴史を語り継いでこなかったこの国は
すでに終わっていたのだろうが
３・12　原発爆発でさらに終わったのだと思う

あのとき　日本人は　国家解体の危機に直面しながら
地獄の淵をのぞいてしまった
〝直ちに健康に影響はない〟　国家が国民を守らない
棄民の現実　国家の正体を知ってしまった

正気の沙汰ではない　２０２０東京オリンピック
再起不能のショックから立ち直れないまま
日本人は絶望を先送りしている　そして　抑圧移譲
さらに弱いものを叩くことで　絶望を誤魔化している

近代日本人の主体化の過程がそうだったように
日本人はいま再び
朝鮮人を貶めることで　主体を立ち上げようとしている
死に体の主体を

排外されている朝鮮人のわたしが
こんなこと言うのもなんだが
他者に対して不寛容な日本という国家を
わたしは拒否する

それでもわたしはここにいて　日本語で詩を書いている
わたしはこの国を出てゆかない　それは
朝鮮人虐殺の落とし前をつけたいから
日本近代の終わりを見届けたいからだ

〝反日教師〟とよく言われるが　そう　わたしは反日だ
ただ　その時の反日とは　反日本帝国主義　反日本軍国主義の略だ
わたしは拒日　日本という国家を拒否する
いや　国家そのものを拒否する

近代以来　国家は碌な事をしてこなかったじゃないか
国家なんて要らない
しかし　だから　わたしは社会を諦めない
他者との共生を諦めない

ファシズムの再来　蔓延する歴史修正主義　常態化するヘイトスピーチ
社会が破綻してしまった
希望なんてない
わたしは今　希望を語ってはいけないと思っている

ウシロカラササレル
最悪を予感し　最悪に踏みとどまって　最悪に身構えること
命がけで　最悪の未来を回避すること
もう少しマシな未来を　きみに見せてあげたい

再び朝鮮人を虐殺することは
朝鮮人を排外するだけでなく
日本人が自らを排外することだ
ほら　もう魂が破壊されているじゃないか

これから　社会を逆転することができるだろうか
指紋押捺したかつての自分を思い出す時
わたしは自分の体験にもとづいて

逆転できると思っている

魂の脱植民地化　人生に逆転は起こりうる
わたし自身　わたし一人はちっぽけな存在だ
わたしがわたしを逆転できたのは
他者との出会いのお陰だった

他者がいて自己が在ること
他者と共に在ること
他者の尊厳への務めが
自分の尊厳を守ることになる

今　希望なんてないし　希望を語ってはいけない
顔を引き攣らせて　無理やりに希望を語るのではなく
怒ること
絶望を潜ること

いや　もはや絶望という言葉ですら足りないのかもしれない
だって　もうすでに終わってるのだから
もう　やり直すしかないのだ
復活するしかない

そうして　いつか
今のこの怒りを逆転して　喜びを招来したい
生きてきてよかったぁ　生まれてきたことの喜び
その大きな感情を　きみに教えてあげたい

希望も絶望も虚妄だが
喜びは虚妄ではない
今のこの怒りが虚妄でないように
喜怒　わたしたちは　サラム　ひと

アンニョンハセヨ？
アンニョン　安寧とは　無事　平和　穏やかの意
無事ですか　平和ですか　穏やかですか
朝鮮人は　挨拶するたびに　安寧を紡いできたし　今日も

紡いでいる

アンニョンハセヨ?
ウシロカラササレルを越えて
やられたことをやり返さない
安寧　わたしたちは　サラム　ひと

目を瞑ろう

再臨界
もう終わってる　とっくに終わってる
滅亡を先送りしながら　全的滅亡に近づいてる
滅亡　目を瞑ろう

２０１１年3月12日の原発爆発後
東京が汚染されてしまったことに目を瞑ることで
国家は暴走し　社会は歪み
放射脳天気　人々は放射能に脳天気になった

カネに浮かれ
オリンピックに浮かれ
戦争に浮かれ
世界遺産に浮かれ

滅亡の先送り
いつまでも思考停止
騙されていたい国民
ファシズム大好き日本人

未来にツケを垂れ回し
放射能を海に垂れ流し
年金でギャンブル
正気の沙汰じゃない　勝機はない

文系をなくして軍事開発
学問をなくして職業訓練
大学崩壊
それは社会の崩壊　国家の自殺

３・12後
国にはもうお金がないから
すべては経済優先

今だけ　金だけ　自分だけ
未来を捨てたこの国に　未来はあるのか
ある
国が滅びる前に　株で稼げるだけ稼げ
これが今　唯一の未来

ニッポンの未来は
WOW　WOW　WOW　WOW
ない
誰も羨まない

滅亡　目を瞑ろう
放射能汚染には目を瞑らずに
滅亡　目瞑ろう　目瞑ろう
一度も滅亡したことがないから
滅亡にひたすら怯えてるビビリ

ぼろ負けした先の戦争でも
地上戦にはならなかった

3・12の原発爆発でも
原子炉の蓋が吹き飛ばなかった
一度も滅亡したことがない
奇跡の国　日本

ヒロシマ・ナガサキ・フクシマ
部分的滅亡から何も学ばず
むしろ驕り
ヒバク者をモルモットとして献上

汚染瓦礫焼却　手抜き除染　凍土壁の失敗
悪人鹿島はボロ儲け
放射能をもお金に換える　放射脳天気
放射能にも懊悩しない適応能力　OH　NO！

滅亡の先送りは
滅亡をより深刻にするだけ
このまま滅亡を先送りし続けたら
日本は全的滅亡する

滅亡にはまだ救いがある
滅亡は終わりではなく
滅亡は始まりだから
全的滅亡は　終

滅亡　目を瞑ろう
滅亡　目を瞑ろう
滅亡　目瞑ろう　目瞑ろう

再び目を開ける時
一からやり直そう
東アジアへの帰還
この道しかない

アメリカと心中してる場合じゃない
日本は所詮
アメリカの戦争の下請け
中国封じ込めの捨て駒

アメリカの本命は中国
日本は一人心中　つまりは自爆
ひとりぼっち
かつての相棒ドイツは再帝国　つまりは最低国

あるいは　イスラエル　金持ち国家にへつらえる?
何百万人も殺されて化け物になった国家と
何百万人も殺した化け物のまんまの国家
無慈悲同士で繋がるか　平和破壊のツートップ

日本はどの道　東アジアで孤立
ＡＫＹの宰相Ａ

憲法9条を捨てたら
もう東アジアには帰還できない

不戦の誓いは　東アジアへの謝罪
二度と侵略しないことの約束
憲法9条は日本のものじゃない
東アジアのもの　東洋平和論

滅亡　目を瞑ろう
戦争法案には目を瞑らずに
滅亡　目瞑ろう　目瞑ろう

滅亡の東アジア
日本による植民地支配
王朝の変遷　地上戦　内戦　集団自決
地中は今でも骨だらけ

東アジア民衆は　しかし　だから
強かに　泥臭く　人間臭く
滅亡を生き抜いてきた
国家は滅亡しても　民衆は滅亡しない

東アジア民衆は　ただで終わらなかった
滅亡は始まり
滅亡を生き抜くなかで
東アジア民衆は　命の知恵を生み出してきた

命どぅ宝　命こそ宝
安寧という人道　中華思想という王道
古くて新しい思想＝生き方を抱きしめて
東アジア民衆は今日も生きている

滅亡で終わらない強さ
人はじつは強い
ビビリの日本よ
東アジア民衆に滅亡の作法を学べ

滅亡　目を瞑ろう
滅亡　目を瞑ろう
滅亡　目瞑ろう　目瞑ろう

東アジア民衆は日本人にやさしい
放射能汚染加害国である日本を責めない
東日本の食いもんはわざわざ輸入して食わないが
西日本の人間だって食ってないぜ

東アジア民衆は日本人にやさしい
この二千年　日本を一度も侵略したことがない
やられたことをやり返さない
この歴史的事実　東洋平和論

日本はいつでも東アジアに帰還できる　しかし
憲法９条　かの謝罪　かの約束を失くしたら
もう東アジアには戻れない
　見切られる　身切られる

日本は未来永劫
東アジア民衆から恨まれ続ける
滅亡を先送りし続ける限り
二進も三進も行かない

滅亡　目を瞑ろう
滅亡　目を瞑ろう
滅亡　目瞑ろう　目瞑ろう

再び目を覚ましたら　テレビをつけよう
ドラえもん
近代科学　消費文化　物質的豊かさ
いい夢を見させてくれたドラえもん

１９７９　あれから４０年が経っても
画面の中は　高度経済成長期のまんまだが

ドラえもんの声は年老い
ジャイアンの声は亡くなった

もうひとつの１９７９
お隣の韓国は　反共の砦　軍事独裁の真っ只中で
のび太が着ている服は　メイド・イン・コリアかもしれず
沖縄　台湾　韓国　東アジアは戦争状態

３・12後のドラえもん
未来を捨てた日本に　22世紀はない故に
ドラえもんは夢のように消えてしまった
奪われた未来　ドラえもんはもういない

のび太よ
自立する時だ
少欲知足　足るを知ろう
平和の有り難さを噛み締めよう

汚染された東京の下町で　あるいは避難してでも
滅亡を生き抜こう
間違ってもドラえもんに
除染消しゴム　なんてねだるな

そんなもんはない
ドラえもんでも　そんなもんは出せない
いや　ドラえもんはもういない
アンアンアン　とっても大好きだった　ドラえもん

滅亡　目を瞑ろう
滅亡　目を瞑ろう
滅亡　目瞑ろう　目瞑ろう

目を瞑ったら　しばし眠ろう
眠りの中で夢を見よう
サラムがひとになる夢
ひとがサラムになる夢

サラム　ひと
サラムとひとは　運命共同体
共生のための名前
祈りとしての　サラム　ひと

サラムは朝鮮語で人の意
サランは愛
サラムとサランは　同じ語源　同じ響き
人と愛が同じって素敵だ

ひと
この平仮名のやわらかな表情と響きも素敵だ
サラムとひと
ふたり繋げて　サラム　ひと

サラムとひとは　ずれながら繋がってる
互いが互いの内なる他者

サラムだけでは足りない
ひとだけでも足りない

サラム　ひと
隣人と共生する限り
命の知恵が生み出され
滅亡は始まりとなる

サラム　ひと
この世はもっと素敵なはず
わたしたちは相互扶助できるはず
なにも恐れる必要ないのさ

滅亡　目を瞑ろう
滅亡　目を瞑ろう
滅亡　目瞑ろう　目瞑ろう

メルトダウン　メルトスルー　メルトアウト

溶け落ちた核燃料　デブリが地下水脈に達した
再臨界
さあ　今ここが　始まりだ

国民サルプリ

残酷な民
桎梏の民
虚空の民
国民

国民が差別されている
「在日特権」なんかじゃなく
国家の棄民によって
国民が国民でなくなっている。

貰えない年金　まるで詐欺！
派遣法の改悪　ブラック企業ニッポン！
経済的徴兵制　まさにアメリ化！
避難解除の楢葉町　再臨界でも帰っていいんかい？

3・12後
東日本の国民は
国体護持のために
被曝を強いられている。

国民が在日化している
国民が外人化している
「在日日本人」
今や国民は在日だ。

過酷な棄民の現実から目を背け
それでも国家にしがみつく国民は
人間性を歪め　魂を破壊しながら
国家に過剰適応する。

ヘイトスピーチ
差別を扇動する少数派の国民も
差別を黙認する多数派の国民も

同じ穴の狢だ。

自分よりも弱い民を差別することで
国民は国民であり続け
崩壊した国民精神を安定させている
そうやって　崩壊を先送りしている。

嗚呼　酷民　梏民　虚空民

日本国憲法の主語はピープルではなく国民だから?
国民　国民と連呼するシールズは
安保法案反対を叫ぶのに　辺野古のことはスルーし
のど自慢ならぬスピーチ自慢。

国民　国民と連呼するたびに
他者がこぼれ落ちてゆく
国民はもうひとつの排外主義
わたしは安倍よりも国民が恐い。

安保の現場は辺野古でしょ
済州島の江汀《カンジョン》でしょ
憲法9条は東アジアのもの
東洋平和論でしょ。

自らに降りかかる
戦争には反対しても
沖縄の民を黙殺
それが国民。

放射能を恐れる民を
放射脳と馬鹿にして
放射脳天気　放射能に脳天気
それが国民。

国民である限り　いつかは棄てられ
国民である限り　被曝を強いられ

だから　抑圧移譲
弱い民たちが夕暮れ　さらに弱い民を叩く。

近代以来　国民は
幾多の暴力を内包してきたが
今　また新たに暴力をセットしている
もはや死に体　でも死ねない。

嗚呼　酷民　梏民　虚空民

非国民
国民としての義務を忘れた者のことをそう呼ぶが
米軍基地と被曝が義務ならば
国民なんかやめたほうがいい。

国民やめて非国民
国民なんてクソくらえ
国民を克服して

サラム　ひと。

国民は国民である前に
ひとであり
ひとはひとであると同時に
サラムである。

ひとはサラムと共に在る
多数にしてひとりの存在
ダブル
サラム　ひと。

遺骨　遺された骨
地中には骨がいまだ埋もれていて
ひとは毎日
その骨を踏みしめる。

身体はすでに遺骨と繋がっていて

ダブル
サラム　ひと
国民なんかには収まりきらない。

この地は国民だけのものじゃない
遺骨たちのもの
目には見えないけれど
確かに存在しているはずのサラム。

嗚呼　酷民　梏民　虚空民

国民は　遺骨を想像しないが
サラム　ひとは　遺骨を掘り起こし
国民は　遺骨を忘れ去るが
サラム　ひとは　遺骨を奉還する。

カカンカンカッカカカン　カカンカンカッカカカン
遺骨たちよ
眠りから覚めて
立ち上がれ。

カカンカンカッカカカン　カカンカンカッカカカン
遺骨たちよ
舞い踊り
恨を解き放て。

カカンカンカッカカカン　カカンカンカッカカカン
遺骨たちよ
黒いアウラで
この世を呪え。

カカンカンカッカカカン　カカンカンカッカカカン
辺野古の海に
コンクリートブロックが
投下された。

カカンカンカッカカカン　カカンカンカッカカカン
済州島の米軍基地が
完成してしまった
江汀は４・３だ。

カカンカンカッカカカン　カカンカンカッカカカン
国民よ
おまえは大地を踏みしめて
骨たちに繋がっていた。

カカンカンカッカカカン　カカンカンカッカカカン
国民よ
おまえは河と溝の血管を通って
島に繋がっていた。

カカンカンカッカカカン　カカンカンカッカカカン
国民よ
おまえはダブル　サラム　ひと
遺骨たちと共に在る。

嗚呼　酷民　梏民　虚空民

国民サルプリ
国民に取り憑いた
邪気を取り払う
国民の詩／死。

国民国家を拒絶し
戦争経済を拒絶し
東洋平和を求める
サラム　ひとの声明／生命。

国民やめて非国民
国民を克服して
ダブル
サラム　ひと。

アナキスト　ひと

アナキストは
ウシロカラササレル
チョソンサラムと共に虐殺される
チョソンサラムと共に在る
W　サラム　ひと
アナキスト　ひと。

アナキストは
日本人ではない
韓国人ではない
国家から排除される
国民から無視される
市民にも馴染めない。

アナキストは
人間を脱皮する無私（虫）
本能　覚醒
野生　開放
直観　全開
全部　抱握。

アナキストは
相互扶助する虫（無私）
誰かに何かに生かされている
誰かを何かを生かしている
友を大切にする
敵と命がけで闘う。

アナキストは
竹内魯迅
ドレイであることを拒否し
解放の幻想を拒否する
自分がドレイであるという自覚を抱いて

ドレイである。

アナキストは
3・12に止まる
夢から呼び醒まされ
行くべき道がない
人生でいちばん苦痛な状態に止まる
暗黒と手探りで闘う。

アナキストは
ホワイトヘッドモリ
自然の一部である
放射能の一部である
人間発電所　核発電所
いつでも爆発してやる。

アナキストは
拒日　日本国を拒絶する

今だけ金だけ自分だけの
日本近代を呪う
近代日本の自滅を見届ける
さあ　おまえの罪を数えろ。

アナキストは
ウシロカラササレル
チョソンサラムと共に虐殺される
チョソンサラムと共に在る
W　サラム　ひと
アナキスト　ひと。

無私《わた》（虫《し》）は
今ここで　変身
無死　無始　夢死
アリのままに生かされている
W　サラム　ひと
アナキスト　ひと。

サラム　ひと・人類・アジア

人類
わたしはこの言葉を
フクシマ後に初めて紡いだ
人間を　近代人を脱皮して
サラム　ひと
人として生き直すことが契機となった

サラムと人類
人と人類
この二つはチョッケツしている
国民と人類
民族と人類
この二つはチョッケツしない
国民を克服しない限り
民族を越えない限り
人類は見えない
サラム　ひと・人類
サラム　ひとが連帯すべき相手は
人類だ

大独は必ず群する
群は必ず独から成る
群しないのは独ではない
群して独を成すよりも
独であって群する方がよいと
章炳麟老師は言った*

これは人と人との繋がり方
連帯の在り方だ
国家に片思いし
民族に囚われている間
わたしはただの近代人

独であってこそ群するということを知らなかった
アウト・オブ・コントロール
もうどうすることもできない
今ここの危機と滅亡に隣り合うなかで
わたしは独に目覚めた
大独としてのサラム　ひと
その群としての人類に目覚めたのだ

人類を語ることは孤独なことだが
この独だけが
人類を語ることができる
人類を語るのは
サラム　ひとの魂
危機と滅亡を感知する身体だ

魂があるかないか
身体があるかないかで
独に目覚めるか否か
群するか否かが決まる
魂を失わずに独であって群すれば
サラム　ひとは人類と連帯する

この時
サラム　ひとは生者とだけではなく
死者たちと連帯する
人類とは生者たちのことだけではない
死者たちのことでもある
人類は死者たちと共に在る

大独としてのサラム　ひとは
死者たちと連帯し
残傷の音を聞く
沖縄を聞く
済州島を聞く
パレスチナを聞く

死者たちが眠る場所
残傷が疼いている場所
それはアジアだ
人類・アジア
サラム　ひとにとって
アジアとは人類の別の名なのかもしれない

自分の足元の歴史に根ざして
大独が群する地平を見晴るかす時
眼前に広がるのは
人類であると同時にアジアだ
大独としてのサラム　ひとが群する場所は
人類・アジアだ

〝サラーム　ひと〟
サラム　ひとが人類・アジアと連帯する時の挨拶
〝サラーム〟とはアラビア語で
〝平和〟の意
〝アンニョン〟の意
〝サラーム　ひと〟これで決まりだ

〝サラム〟と〝サラーム〟
人類・アジアの地平のどこかで
きっとどこかで繋がっている
サラム　サラン　サラーム
サラム　ひと
ラブ&ピース　ひと

サラム　ひと
サラーム　ひと
サラム　ひと・人類・アジア
愛よりも遥かに広い感情で
意識よりも遥かに速い直感で
残傷の疼きが今も聞こえる

＊　章炳麟「独を明らかにする」、『章炳麟集』、西順蔵・近藤邦康編訳、岩波文庫、１９９０年、１８～１９頁。

サ・サム　ひと

２０１８年4月3日　済州島
わたしは「第７０周年 ４・３犠牲者追念式」に参加した。
文在寅大統領は「追悼の辞」で、
４・３が国家暴力であることを認め、謝罪し、感謝した。
国内の理念対立を越えて、済州島の７０年間の恨を解く。
その覚悟と気合に、わたしは涙した。
隣りの遺家族の方々も静かに涙していた。
韓国は、済州島は動いている、生きている。
済州島に春が来る。

４・３、サ・サムは、大韓民国の歴史だ。
韓国の建国の起源にある虐殺事件だ。
そのバックに米軍政がいることは言うまでもない。
米国の責任、そして帝国日本の影。

４・３、サ・サムは、在日の歴史だ。
在日の4人に1人は済州島にルーツがある。
わたしの在日の友人もほとんどが在日チェジュサラムだ。
済州島の人口が韓国の総人口に占める割合は1％。

４・３、サ・サムは、世界史だ。
１９４８年5月14日のイスラエル建国。
パレスチナのナクバ（大災厄）とチョッケツしている。
負のチョッケツだ。

サ・サムとナクバは、冷戦初期の悲劇、冷戦の負の遺産だ。
サ・サムとナクバは、第二次世界大戦後の世界史の矛盾だ。
世界史はサ・サムとナクバからやり直さなければならない。

済州島とパレスチナは、この世のどん底。
だから、これからの世界の中心だ。
この世の愛と平和が、かの島、かの地に降り注がんことを。

サラム　ひと
サラン　ひと
サラムは朝鮮語で人の意
サランは愛の意。

サラム　ひと
サラーム　ひと
サラームはアラビア語で
平和の意。

サラム　サラン　サラーム
サラムは
愛と平和の意が込められている
アジア語だ。

サラム　ひと
サ・サム　ひと
サ・サムは
サラムだ。

4・3はまだ自らの名前を見つけられていない。
事件抗争反乱闘争事態運動暴動蜂起。
痛みと共に人々はそれを、4・3、サ・サムと呼んできた。
ササム　ササム
まるで誰かの名を呼ぶように。

サラム　ひと
サ・サム　ひと
サ・サムは
アジア人の歴史であり
未来だ。

サラム　ひと
サ・サム　ひと
サ・サムは
わたしたちが人として生き直す時

想起すべき他者の名前だ。
済州島からの帰路。
気持ちがなんと重かったことか。
沈鬱。
生まれて初めて、
なんで俺は日本に帰るんだ?という疑念が生まれた。
死んだ国。
未来。
末人。
安倍晋三は、リビングデッド、ゾンビだ。
フクシマ隠しの東京五輪に浮かれている連中もゾンビだ。
サラム　ひと
サ・サム　ひと
さあ、奴らの脳天をラブ&ピースで撃ち抜け。

JIA-2-Ca67
JIA-2-Ca68

JIA-2-Ca70
JIA-2-Ca71
JIA-2-Ca72
JIA-2-Ca73
JIA-2-Ca75
JIA-2-Ca76
JIA-2-Ca77
JIA-2-Ca78
JIA-2-Ca79
JIA-2-Ca80
JIA-2-Ca81
JIA-2-Ca82
JIA-2-Ca84
JIA-2-Ca85
JIA-2-Ca86
JIA-2-Ca87
JIA-2-Ca89
JIA-2-Ca90

済州国際空港などで発掘された、総400位の遺骸たち。
身元不明のまま、済州4・3平和公園内に奉安されている。
　済州4・3事件犠牲者遺骸発掘は、
　隠蔽された歴史の真実を明らかにし、
　虐殺・密葬された犠牲者と遺家族の
　人権を回復する事業である。
　(済州4・3犠牲者発掘遺骸奉安館)
犠牲者の人権。
そうだ、人権は死者のものでもあるのだ。
遺骸たちの人権を。
遺骸たちの名前を。

今、朝鮮半島が動いている、世界史が動いている。
今、一日が一年に匹敵するほどの濃ゆい時間が流れている。
朝鮮戦争が終結し、冷戦が終わり、アジアがアジアになる。
南北朝鮮が統一する、東洋平和を構築する。
その時、4・3は、自らの名前を見つけるだろう。
その時、4・3は、永遠に輝くだろう。

サラム　ひと
サ・サム　ひと
漢拏山へひまわりを。

1948年4月3日　済州島
70年もかけて、70年前にたどり着いた。
サラム　ひと
サ・サム　ひと
70年前の過去の突き当たりを通り抜けて、未来へ。

散文

近代を脱する――李箱『倦怠』論

0　はじめに

東京で客死したモダニスト、李箱《イサン》。私たちは今、1937年2月、神田の路上で警官に呼び止められ、「不逞鮮人」と名づけられた時の、李箱の凍りついた皮膚が感覚した「東京」「近代」の空気から、どれほど離れた場所にいるだろうか。

言うまでもないが、「不逞鮮人」として捕まり、そして死んでいったということは、軽く見るべき事実ではない。この李箱の死に様から「東京」「近代」について再考する必要がある。李箱にとっては、「不逞鮮人」として捕まって死んでしまうような東京の空気、空気として漂っている暴力と、東京の華やかな「近代」というのは、まったく別々のものではなく、その二つは東京の「近代」という同一の事態の両側面であった。李箱は東京近代あるいは日本近代に虐殺された。

近代日本人は、アイヌ、沖縄、台湾、支那、朝鮮、東アジアの他者を貶めることで、その主体を立ち上げてきた。「朝鮮人を殺せ」、「良い韓国人も、悪い韓国人も、どちらも殺せ」、それはヘイトスピーチが常態化している今日においても変わらない。2008年のリーマンショク、3・12原発爆発のトラウマ、「テロ」との戦争前夜――巨大な社会不安のなかで、抑圧移譲、さらに弱い者を叩きながら、日本人はいま再び、主体を立ち上げようとしている。死に体の主体を。

本論文は、李箱が東京で書き残したテクストを読みながら、この国の「近代」を問い直す。社会が破綻し、再び戦争の時代に突入しようとしている今ここで、李箱の死に隣り合うとき、希望のない歴史的現在が浮かび上がってくる。今は無理矢理に希望を語るのではなく、絶望を潜る時だ。夢から醒め、行くべき道がない、人生でいちばん苦痛な状態に耐えること。暗黒と手さぐりで闘うこと。これが今、私たちが絶望を潜り抜け、「近代」を生き抜く術ではないだろうか。

1　東京への失望

１９３６年10月、李箱は新天地を求めて東京に来た。東京行きを決意した動機について、李箱は「H兄」に宛てた手紙で次のように書いている。「生きなければならないので、もう一度生きなければならないので、私はここに来ました。当分の間は、あらゆる罪と悪を意識的に黙殺する道理以外には道がありません。友人、家庭、焼酎、そしてけちな義理のためにソウルに戻るわけにはゆきません」(1)。

李箱はまた、東京行きの動機を同時期に書かれたテクストのところどころで示唆しているのだが、たとえば『幻視記』では、「朦朧とした意識の中で私はこの土地を発とうと考えた。遠く東京へ行ってしまおう。／行こう、行こう、行ってしまおう（東京へ）」(2)と書いている。『逢別記』では、「私は何篇かの小説と何行かの詩を書き、私の衰亡してゆく心身の上に恥辱を倍加した。これ以上、私がこの土地で生き続けてゆくことはきわめて困難なところにまで差しかかった。私はとにかく聞こえよく言えば亡命しなければならないだろう。／どこに行こうか。私は会う人ごとに東京に行くと豪語した」(3)と書いている。

これらの記述から、東京に行く直前に発表した『翼』（『朝光』１９３６年９月号）の最後における「飛ぼうよ」という「僕」の飛翔の欲望は、そのまま新天地を求めた李箱の晩年の東京行きにも転移していたと見ることができるかもしれない。しかし、李箱にとって東京は、失望でしかなかった。京城での数少ない理解者であった金起林《キムギリム》に宛てた手紙で、彼は東京への失望感を次のように吐露している。手紙の日付は１９３６年11月29日である。


いずれにしても、東京に来るには来ましたが、私は今、横になっています。午後には起きられないほどに熱が出て、煩わしくて死にそうです。

東京とはじつにけちくさい都市です。ここに比べれば、京城とはどんなに人心よく、生きやすい「閑寂とした農村」であるか知りません。

どこに行っても惹かれるものがないんですよ！　**キザナ**表皮的な西欧的悪臭の、言ってみれば、せいぜい分子式がやっとここに輸入されて、**ホンモノ**の振りをするさまは、じつに吐き気がします。

私はじつに東京がこんな卑俗のような**シロモノ**だとは思いませんでした。それでも何かあると思ったのですが、はたしてがらんどうです。

閑話休題――私も時期を見て来月中にもソウルに戻ろうと思います。**ここにいても体がどんどんだるくなってゆくだけだし、頭が混乱して不時に発狂しそうです。**第一に、このガソリンの匂い弥漫**セット**のような街がじつに嫌です(4)。

この手紙には、李箱の東京への失望が赤裸々に吐露されている。東京に対する失望は李箱が東京で書き残した随筆『東京』でも書かれているが、『東京』がひとつの随筆テクストとしてのまとまりを持っているのに対して、この手紙における李箱の言葉には、彼にとって東京が失望でしかなかったということ、それだけでは足りない過剰さが表出しているように思う。それは手紙という媒体の性質がなせるもの、つまり読者に向けて発表することを想定していない、そのアドレスが金起林個人に限定されたプライベートな秘密を吐露できる場だからでもあるだろう。だからこそ、李箱が東京で何を見て、何を感じているのかが直截に表現された、李箱の肌の感覚が伝わってくるようなテクストである。

たとえば、「ここにいても体がどんどんだるくなってゆくだけだし、頭が混乱して不時に発狂しそうです」という、失望の余り発狂しそうな心情の吐露は、東京への単なる失望を超えた、もっと決定的な何かに襲われている者の言葉として受け止められるべきではないだろうか。彼は決定的に追い詰められている。それでは、いったい何が、彼を襲い、彼を追い詰めているのだろうか。まさにここに李箱の東京行きを考えるうえでの核心があると直感するのだが、この点に関しては、本論全体を通して考察してゆきたい。

「**キザナ**表皮的な西欧的悪臭」や「**ホンモノ**の振りをするさま」という言葉が示すように、李箱は、植民地帝国日本の中心であるメトロポリス東京が所詮は西洋の模倣に過ぎなかったことに痛く失望する。しかしながら、こうした東京への失望というのは、逆説的に、それまでに李箱が京城で、東京に対して大きな期待や憧れを抱いていたことを物語っている。『東京』の第一文、「私の思い描いていた**マルノウチ**ビルディング——通称**マルビル**——は、少なくともこの目の前にある**マルビル**の四倍はある壮大なものであった」(5) にあるように、李箱の想像のなかで「**マルビル**」が実際の大きさの「四倍」にも膨れあがっていたというのはじつに象徴的である。建築技手としての経歴を持つ李箱にとって、その「四倍」という建築物の大きさはそのまま、東京の近代への期待や憧れの大きさを表していると言えよう。

むろん、建築に携わっていた李箱が京城で丸ビルの写真を見たことがないわけはないし、丸ビルの実際の大きさを知らなかったはずはないと思う。しかしこれは、そんな実際の丸ビルがどうであるとかの問題ではなくて、李箱が京城で近代を追求しながら抱え込んでいた内在的矛盾の大きさの問題なのではないか。つまり、四倍の大きさのマルビルを思い描き、理想の近代を夢見てしまうほどに、李箱は京城で近代を追求しながら激しく葛藤していたということである。

金起林宛の手紙で、李箱は後悔混じりに、「私がソウルを発つときに思い描いたのは、ほんとにとんでもない桃源夢でした」(6) と書いているのだが、これは李箱の東京への期待や憧れについて考える糸口になるだろう。「桃源夢」という表現から推して、李箱にとって東京行きは、京城のような駆け足で作りあげたような即席でない、また日本人街と朝鮮人街という光と闇の混在するような二重性とは無縁な、言うなれば「近代の桃源郷」を求めての移動であったように思う。李箱の京城での近代体験にもとづいて、「桃源夢」を抱かせるに至った動機をそのように想像することができるだろう。おそらく、もう、混沌とした朝鮮の近代や、混沌がもたらす混乱が嫌になってしまったのだろう。

朝鮮の近代が混沌としているだけ、その混沌がもたらす混乱が激しいだけ、李箱は京城で、ここではないどこかを求め、意識的にあるいは無意識的に東京の近代を理想化していったのだと思う。だから、李箱はきっと、死ぬ前に一度、東京をこの目で見てみたかったのだろう。しかし、金起林宛の手紙で吐露していたように、李箱が目にした東京の近代は、「がらんどう」だった。李箱をして東京の近代を「がらんどう」と言わしめたのは、彼が先鋭なモダニストだったためでもあろうが、一方で、「ここではないどこか」を彼が余りにも強く求め、東京の近代を理想化し過ぎていたためだと思う。じつに皮肉ではあるが、李箱にとって「ここではないどこか」が宗主国日本の帝都であったのは、植民地都市京城のモダニストとしての限界であったと言うべきだろう。

だがそれにしても、李箱が京城で東京の近代を理想化していた事実は、李箱にとってのみならず、朝鮮近代全体にとってきわめて重大な問題を含んでいるように思えてならない。なぜならば、東京の近代を理想化していた事実は、「西洋対東洋」という近代世界の対立構図の中に入れ子のようにして在る、「日本対朝鮮」という植民地帝国日本の殻の中に李箱自身が閉じ込められていたことを物語っているからだ。これは、ウェスタンインパクトが西洋そのものからではなく、西洋帝国主義を模倣した日本の植民地支配によってもたらされた植民地朝鮮の近代化過程の複雑さに起因するものだ。西洋近代を模倣する日本近代、その日本近代の中で西洋近代を模倣する朝鮮近代、この二重の閉塞感が京城のモダニスト李箱の在り方を根底から規定していたのである。

李箱が京城で東京の近代を理想化していた事実から推して、ウェスタンインパクト以後、西洋に侵入されながら近代化を遂げた東アジアの植民地的近代が先験的に孕んでいる、内なる植民地主義としての「自己植民地化」(7)の問題を日本近代もまた抱えているということを、李箱は東京に来て初めて知ったのだろう。近代性と植民地性という二重的な空間に貫徹された京城の植民地的近代が内在することになる生活秩序――近代の内面化と同時に自己植民地化してゆく――を李箱が『翼』で小説化して捉えていることを鑑みれば(8)、彼はきっと、東京の華やかな近代文化の裏面に自己植民地化の痕跡を読み取ることができたはずである。たとえば、東京に来た李箱が京城の金起林に宛てた手紙における、「**キザナ**表皮的な西欧的悪臭」や「**ホンモノ**の振りをするさま」という記述は、東京の近代が西洋近代の模倣を通して近代化を遂げた自己植民地化の産物にほかならないことを李箱が見抜いていることの証左である。

だが一方で、東京の近代を理想化していた事実は、『翼』における「僕」の何気ない無意識の「本ぶら」と同じように、李箱自身の東京の近代に対する欲望を表すと同時に、植民地帝国日本の秩序のなかで近代を内面化した、李箱自身における自己植民地化の問題をも示唆している。京城にいた頃は無意識的にそれを感じていたとすれば、李箱は東京に来て初めて、東京の近代への失望とともにそれまで抱いていた「桃源夢」から醒め、自身における自己植民地化の問題と意識的に向き合うことになったのである。それだからか、李箱はあたかも、「がらんどう」の東京の近代に騙されながら自己植民地化してきたことに対して復讐するかのように、東京の近代を痛烈に批判する。

東京の近代を痛烈に批判する言葉から読み取るべきなのは、自己植民地化に対する逆襲としてのポストコロニアリズムとでも呼ぶべき身構えではなかろうか。右に引用した記述はハングルで書かれているのだが、その中の「**キザナ**」「**ホンモノ**」を、李箱はわざわざ片仮名で書いている。もちろん朝鮮語にもそういう意味の言葉はあるわけだから、これはまぎれもなく李箱の皮肉である。日本語において片仮名は主に外来語の表記に用いる。東京の近代が西洋近代の模倣を通して近代化を遂げた自己植民地化の産物にほかならないことを見抜いている李箱にとって、東京の近代を皮肉って記述するとき、平仮名「きざな」「ほんもの」は相応しくない。東京の近代は西洋化＝自己植民地化の産物、すなわち外来のものであるという意味で、それは片仮名「**キザナ**」「**ホンモノ**」が相応しいのである。

このように、李箱は東京に来て初めて、東京の近代への失望とともにそれまでに自己植民地化していた事実と意識的に向き合い、東京の近代を痛烈に批判しながら自身を閉じ込めていた植民地帝国日本の殻を破った。しかしながら、李箱はこのとき、深刻な自己矛盾と向き合うことになる。京城のモダニスト李箱は、一貫して、「敗北」を方法としながら、近代に対する「掙札《そうさつ》」(chng-cha は中国語で、がまんする、堪える、もがくの意)を止めなかった(9)。だがその一方で、李箱は、秘かに東京の近代に憧れる近代主義者としての側面(東京への「桃源夢」)をも抱え続けていた。そのことはすなわち、自己植民地化をも止めていなかったことを意味する。これは、李箱における深刻な自己矛盾であると同時に、京城のモダニストとしての限界であった。

2　東京と成川の間

ここからさらに、李箱の東京行きについて考えなくてはならない重要な問題がある。それは、「十二月十九日未明、東京にて」と日付を記しつつ、李箱が神田の下宿先で書き上げた随筆『倦怠』において、1年4ヶ月前(1935年8月)に訪れた平安南道成川《ソンチョン》の農村風景を想起しているということである。『倦怠』はもともと、1935年に書かれた未発表創作ノートにある、日本語で書かれた4つの断片的な文章が元になっているとされるが、李箱は東京で、作品としての完成度、表現の強度、暗さのヴォルテージを最高潮に高めながら『倦怠』を書き上げた。なぜ、東京への「桃源夢」から醒めた李箱は、東京で成川の農村風景を想起したのだろうか。

『倦怠』で李箱はその名の通り、成川の農村風景を倦怠感に満ちた眼差しで見詰めている。その眼差しは終始変わることがなく、話が進むにつれて倦怠感は次第に大きくなってゆく。そして倦怠感が大きくなればなるほどに、李箱の成川に対する眼差しは差別的なものとなる。「彼らの一生もまた、この野原のように単調な倦怠一色に塗り潰されているのだろう」だとか「これが死体とどこが違うだろうか？　食べて寝ることを知っている死体」と、李箱はあくまでも、「文明」対「野蛮」という植民地主義的な二項対立的布置にもとづいた眼差しで「彼ら」を見詰めている。すなわち李箱は、成川への眼差しのなかで、近代主義者としての側面を露呈しているのである。

同様の差別的な眼差しは、日本語で書かれた未発表創作ノートにも窺える。夕暮れ時に子供たちが遊んでいる姿を見ながら、李箱は、「暮色ガ彼等ノ死屍ノ様ナ不潔ヲ蔽色マントシテイル」(10)と表現している。また、先に李箱は、実際に成川を訪れた翌月に発表した随筆『山村余情――成川紀行中の幾節』(『毎日申報』1935年9月27日～10月11日)でも、「蓄音機の前で首をかしげている北極ペンギンとどこが違いましょうか」(11)とか、また別のところでは「愚昧な百姓たち」というように、「彼ら」を差別的な眼差しで見詰めていた。李箱は東京で『倦怠』を書き上げる1年4ヶ月前にも近代主義者の視点から成川を差別していたのである。

だがそれにしても、なぜ、東京への「桃源夢」から醒めた李箱は、東京で成川の農村風景を想起し、再び成川について書いたのだろうか。李箱は『倦怠』ではそのことについて直接的に語っていない。ただ、末尾の日付の隣りに「東京にて」と記しているだけだ。しかし、李箱が生前に書いたほぼ最後のテクストであることを鑑みても、『倦怠』が東京で書き上げられたという事実は、李箱のモダニズムにおいてきわめて重要な問題を孕んでいるように思えてならない。私は、李箱の東京行きが持つ意味を掘り下げながら、なぜ、李箱が東京で成川の農村風景を想起し、東京で『倦怠』を書き上げたのかを想像してみたいと思う。すなわち、以下のように。

急速度で近代化の進むメトロポリス東京と近代化から取り残された農村成川。成川とは、植民地朝鮮の田舎であり、その意味で植民地帝国日本の僻地である。李箱は、植民地帝国日本の中心である東京からその僻地である成川を想起する。東京の人間は知るべくもない、東京の影、その最も深い影を思い浮かべる。京城の影でもあることを考えれば、成川とは、東京から見ればまさに暗黒とでも表現するべき場所である。東京と成川、このふたつはいわば光と暗黒の関係にあり、成川は前近代の桎梏として、東京の近代とともに同時代のなかに混在している。

けれども、李箱が失望とともに透視したように、東京の近代が「がらんどう」ならば、東京と成川、その境界はじつのところきわめて曖昧である。おそらく李箱には、「がらんどう」の東京の近代が夢のようにぼやけてゆきながら、成川の農村風景が目の前に浮かび上がってきたのだろう。東京で成川を想起するという行為自体が暗示しているとも言えようが、そうして李箱は東京と成川を二重写しに見たのではないか(12)。東京と成川を二重写しに見ること。それは東京の近代に対する根源的な否定である。

しかしながら、植民地帝国日本の秩序のなかで近代を内面化した(=自己植民地化した)李箱にとって、東京の近代に対する根源的な否定は、自己植民地化を解く行為としてのポストコロニアリズムであると同時に、モダニストとしての危機の招来を意味していた。東京の近代を痛烈に批判すればするほど、それはそのまま、植民地帝国日本の秩序のなかで近代を内面化しながら(=自己植民地化しながら)モダニストとなった自分に跳ね返ってきて自己否定となる。ましてや、それが、東京と成川を二重写しに見るという、東京の近代に対する根源的な否定となれば、その自己否定はますます激しいものとなり、激しい自己否定のなかで、モダニストとしての根拠を失ってゆくことになる。

李箱の言葉に即して彼の自己否定をもっと具体的に想像してみよう。先に見たように、東京に来た李箱は、京城の金起林に宛てた手紙の中で、東京の近代を「卑俗」「がらんどう」と皮肉っていた。しかし、東京の近代に対する批判はそのまま、京城でその「卑俗」「がらんどう」に憧れ、自己植民地化してきた自分に跳ね返ってくる。東京の近代と同様に自分もまた「卑俗」「がらんどう」であること。もっと言えば、「卑俗」「がらんどう」に憧れてきた自分は、それ以下であること。このように、東京の近代に対する痛烈な批判は、結局のところ、京城のモダニストとしての自己否定となるのだ。それはモダニスト李箱の崩壊を意味している。だからこそ、李箱は東京で成川を想起しつつ、暗黒に呑み込まれるままに、震撼とともにそれと向き合うほかなかったのである。

暗黒が暗黒である以上、この狭い部屋のそれも宇宙にぎっしりと詰ったそれも質量に違いはないだろう。私はこの大小のない暗黒の中に横たわり、息づくものも労るものもまた欲しいものも何もない。ただ、どこまで行けば終わりが来るのかわからない明日、それがまた窓の外に待ち構えていることを感じながらぶるぶると震えているだけだ。

十二月十九日未明、東京にて(13)

これは『倦怠』の最後であるが、李箱は「暗黒」に呑み込まれながら、息が詰るほどに味気ない同じことのくり返しである「倦怠の明日」に「震えている」。『山村余情』でも見られない、また『倦怠』の元になっている日本語で書かれた未発表創作ノートでも見られない、この「震え」は、成川の農村風景に対する倦怠の極致を示している。李箱はきっと、東京に行く前はモダニストとしての根拠にもとづいて成川を差別しつつ眺めていたが、メトロポリス東京への失望を通じてその根拠が衝撃とともに崩れ去り、成川の人々が他者ではなく自分が「彼ら」でもありうることに気づいてしまったのだと思う。モダニスト李箱にとって、それはまさに恐怖だったはずだ。このように考えれば、李箱の成川に対する差別的な眼差しは、「彼ら」と自分との間の境界を保つための自己防衛として受け止めるべきだろう。それはつまり、成川と向き合う恐怖心の裏返しの表現なのである。だが、最後には自己防衛を解き、李箱は「震え」とともにその恐怖を受け入れていった。
末尾に記されているように、李箱は『倦怠』を「東京にて」書き上げた。すなわち、李箱はこのテクストを、東京と成川の間で書き上げたのである。『倦怠』を通じて、京城出身の李箱にとって、１９３５年８月の成川行きがどれほど大きな出来事であったかを窺い知ることができよう。成川行きは李箱にとって初めての田舎体験だったが、その際に李箱は成川の人々を差別しながら近代主義者としての側面を露呈した。「敗北」を方法としながら近代に対して「掙札」してきた李箱にとって、それはきっと、京城で秘かに東京の近代に憧れていた近代主義者としての側面とともに、深刻な自己矛盾であったはずである。だから、李箱はその後、成川と徹底的に向き合い、近代主義者としての自己を解体する覚悟をしていたのだと思う。あるいは、解体の欲求を抱いていたと言うべきか。いずれにせよ、『倦怠』を書き上げるまでの1年4ヶ月の間、李箱は無／意識的に成川と向き合う緊張を持続していたのである。成川と向き合う場所は東京が相応しいと、李箱が最初から考えていたのかどうかはわからない。だが事実として、李箱は東京と成川の間で『倦怠』を書き上げた。李箱にとって東京と成川の間とは、近代主義者としての自己を解体する場所となったのだ。

3　身体との出会い

『倦怠』を書きながら、近代主義者としての自己を解体した李箱は、ある決定的な意識の転換を迎えている。それは、小森陽一が指摘しているように、「自意識」としての「私」が預かり知ることのできない身体との出会いである[14]。小森は『倦怠』の以下の箇所からそれを読み取っている。

果てしなき倦怠がひとを襲うとき、彼の瞳孔は内部に向かって開くだろう。そのために、忙殺されているときよりももっと何倍も自身の内面を省察することができるだろう。現代人の特質であり疾患である自意識過剰は、このように倦怠でなくてはいられない倦怠階級の徹底した倦怠による産物である。肉体的閑散、精神的倦怠、これを免れることのできない階級が自意識過剰の絶頂を示す。／しかし今、この小川のほとりに座った私には自意識過剰すら閉鎖された。こんなに閑散としているのに、こんなに極度の倦怠があるのに、瞳孔は内部に向かって開くのを躊躇する。／何も考えたくない。昨日までは死ぬのを考えることひとつだけは楽しんだ。しかし今日はそれさえも面倒臭い。ならば、何も考えずに目を開けたまま、ただぼんやりすることにしよう(15)。

「現代人の特質」である「自意識過剰」を、自らの同一性として選びとっていた「私」は、「小川のほとりに座った」際、まったく予期しなかった事態の中に投げ出されてしまう。「果てしなき倦怠」の中で、「自意識過剰の絶頂」に達することができるはずであったのに、「極度の倦怠」の中で、逆に「自意識過剰」が閉鎖されてしまうのだ。このとき、「私」は、「自意識」という「私」の預かり知ることのできない身体としての私と出会う。それは「瞳孔は内部に向かって開くのを躊躇する」という身体的比喩によって表象されている。「自意識」とはまったく別な、独自の意思によって「瞳孔」という身体の部位が「躊躇する」こと。この身体の「自意識」に対する抵抗が、「昨日までは死ぬのを考えることひとつだけは楽しんだ。しかし今日はそれさえも面倒臭い」とあるように、死の欲動との訣別という決定的な方向転換をもたらす。その後、「私」の「瞳孔」（身体）には生の欲動が劇的にかつ鮮やかに発見される。まずは「腐った水」の中で「食べるものを探している」「メダカの群れ」を、次に「地上最大の獣怠者」、「倦怠に飽き飽きした結果」「半消化物の味を逆説的に享受する」、つまりは「反芻」をし続ける「雌牛」を、そして雑草の「緑」を遊びの道具にしたり、みなで並んで糞をして「創作遊戯」をしている「子供たち」を発見するのだ。そして、「私」はその日の夜、「お腹が空いている」ことに気づかされる。自らの身体内部の生の欲動を感知するのである。そうして、「私」は、「自意識」では捉えることのできない、身体としての自分と出会うのだ(16)。

このように、李箱は、成川の人々を差別的な眼差しで見詰めながらも、むしろ「彼ら」の中に、「私」の内部に内在する「自意識」とは独自の意思を持った他者性としての身体を見出していく。前章で私は、李箱の成川に対する差別的な眼差しは、成川の人々が他者ではなく自分が「彼ら」でもありうることに気づいてしまったことの表れとして、さらには、「彼ら」と自分との間の境界を保つための自己防衛として受け止めるべきだろうと書いたが、李箱が身体と出会っていく過程にも表れているように、李箱にとって成川の「彼ら」は他者であって他者ではない。近代主義者としての自己を解体した李箱は、矛盾を抱え込みながら、「彼ら」と出会い直しているのだ。モダニスト李箱にとって、「彼ら」との出会い直しは恐怖であると同時に、身体との出会い、つまり「現代人の特質」である「自意識過剰」からの解放であり、もっと言えば、「現代人」からの脱皮であった。ここに李箱が東京で成川を語り直していることの意味がある。

『倦怠』の最後における「暗黒」の中での「震え」、その恐怖は、成川の「彼ら」との出会い直しが引き起こしている、モダニスト李箱における崩壊感の表れであるだろう。だがその一方で、李箱はこのとき、身体としての自分と出会いながら、変身している。近代主義者としての自己を解体すると同時に、李箱はモダニストを脱皮しているのだ。私はそこに、暗黒に呑まれながらも、暗黒と手さぐりで闘っている李箱の姿を見る。

4 モダニスト李箱が死んだ日

『倦怠』を書いた4ヶ月後の1937年4月17日、李箱は東京で客死した。同年の2月、李箱は「不逞鮮人」として日本警察に検挙され、思想犯の嫌疑を受けて2月12日から3月16日まで西神田警察署に拘禁された。その後、持病である結核の悪化のために病保釈で釈放され、東京帝大付属病院に入院するも、4月17日に死去した。李箱は東京で、朝鮮人であるゆえに虐殺されたのだ。李箱は死ぬ間際に何を見たのだろうか。李箱はどんな絶望を抱いて客死していったのだろうか。

この李箱の死に様から、さらに『倦怠』を読み直す必要があるように思う。李箱が東京で成川を想起した契機として、前章までは東京の近代への失望と近代主義者としての自己の解体について論じたが、最後の「暗黒」の中での「震え」は、それだけでは論じ尽くせないのではないか。語弊を恐れずに言えば、「暗黒」の中での「震え」は、過剰なのである。李箱はもっと決定的な何かに襲われながら東京の近代に失望し、近代主義者としての自己を解体しているのではないか。そして、それが最後の「震え」へと至っているのではないか。

私はここで、東京で客死した李箱の死に隣り合いながら、彼が東京で書いたテクストには書かれていない言語化される前の言葉、言語化することができないくらいに彼を包み込んでいる東京の空気、彼を襲っているその緊張を掬い取りながら『倦怠』を読み直したい。まず、李箱が東京に来て、どのような皮膚感覚で東京の街を歩いていたのかを想像してみてほしい。李箱は東京に来て、神田に下宿し、神田の古本屋街、神田のすずらん通りをよく散歩していたが、1937年2月、路上で警官に呼び止められてしまう。神田の路上で日本警察に呼び止められ、「不逞鮮人」と名付けられた時の、彼の凍り付いた皮膚、その凍り付いた皮膚が感覚したもの――。

李箱の客死が私たちに突きつけているものは、朝鮮人虐殺の暴力である。思うに、東京の近代の「**キザナ**表皮的な西欧的悪臭」や「**ホンモノ**の振りをするさま」とともに、李箱を死に至らしめる東京の空気、空気として漂っている暴力が、モダニスト李箱をして東京の近代に対して決定的に失望させているのではないか。きっと、李箱を襲っているその緊張が強ければ強いほど、彼はそれを言語化することなどできなかったはずだ。言語化するには死があまりにも早く訪れてしまったし、2・26事件が象徴するように、日中戦争前夜の発動寸前の巨大な暴力が渦を巻いている1936年の東京の混沌に呑み込まれながら、そして関東大震災から13年しか経っていない、まだ朝鮮人虐殺の暴力が空気として生々しくあるいは血生臭く漂っている東京で、李箱はそれを語ることができないまま客死した。

李箱が語ることができなかった、東京の空気として漂っている暴力とは何か。1936年の2・26事件に対する在留朝鮮人の反応について記した当時の２つの資料を参照しながら、李箱が知覚感覚したであろう１９３６年の東京の空気を想像してみたい。

ひとつめの資料は、反ファシズム色を鮮明に出した希少メディア『時局新聞』１９３６年3月9日付の記事である。「反乱勃発、戒厳令発布ときいて関東大震災の当時を誰よりも先に想い出したのは朝鮮の兄弟たち。日頃度胸と腕を誇る芝浦の自由労働者諸君も、全く戦々恐々、いつ竹槍が飛んでくるかと、ビクビクものだったそうだが、お互いに笑いごとでなく、この問題を真剣に考えてみようではないか」。

ふたつめの資料は、『時局新聞』とは対極に位置する、内務省警保局『社会運動の状況』１９３６年版（１４９１頁）の「第八　特殊事件竝記念日運動状況」「一、特殊事件」「（一）帝都叛乱事件に対する在住朝鮮人の動静」の文章である。「本年二月二十六日、東京に於て突如として所謂帝都叛乱の不祥事件発生するや、全国民特に在住朝鮮人に対しては甚大なる影響を与え、その動向に関しては一時憂慮せられたるも、幸い各庁、府県当局の機宜の措置により、極めて平穏に経過せり。一部在京朝鮮人中には、本事件が往年の関東大震災当時に於けるが如き、朝鮮人圧迫問題を伴うに非ずやと思惟せらるるものの如く恐怖の念に駆られ戦々恐々とし秘かに避難準備を為す者ありたり。警視庁にありては流言、蜚語の徹底的取締を励行すると共に在住朝鮮人の軽挙妄動を戒め、その身辺保護に努めたる結果、漸次鎮静せり」。

反体制側の『時局新聞』と体制側の内務省警保局『社会運動の状況』、メディアの質としては相反しながらも、２つの資料から共通して掬い取ることができるものは、２・26事件直後、在留朝鮮人は関東大震災時の朝鮮人虐殺の暴力を予感しているということである。この暴力の予感を通して、関東大震災時の朝鮮人虐殺の暴力が空気として漂っている、2・26事件直後の東京の状況が想像できるだろう。そして、虐殺の暴力を予感する在留朝鮮人の皮膚感覚が伝わってくるだろう。この暴力の予感は、１９３６年10月、初めて東京に行った李箱のものでもあると私は思う。２つの資料はいずれも、2・26事件直後の在留朝鮮人の反応を記したものであるが、その後の李箱の客死と繋げて考えれば、空気として漂っている関東大震災時の朝鮮人虐殺の暴力は、1937年2月、李箱が神田の路上で警官に呼び止められる時点においても東京に漂っていたことは想像に難くない(17)。

李箱が東京で曝されている朝鮮人虐殺の暴力は、京城では知覚感覚することができなかったはずのものである。『翼』をはじめとする李箱がそれまでに京城で書いていたテクストから読み取ることができるのは、あくまで(自己)植民地化の暴力である。それらの暴力はいずれも植民地帝国日本の近代が孕んでいるものではあるが、しかし、李箱が東京で曝されている朝鮮人虐殺の暴力は、それまでに京城で曝されていた(自己)植民地化の暴力とは訳が違う。それは植民地帝国日本の近代が孕む植民地主義の暴力のなかでも最悪のものなのだ。

李箱は東京に来ることで、植民地帝国日本の中で自分がこれまで追求してきた近代が、「がらんどう」であったことを知るばかりでなく、朝鮮人虐殺の暴力と同一の事態の両側面であることを予感してしまった。そうして、モダニストとしての根拠がその生命とともに脅かされ、モダニストとしての世界が崩壊してしまったのだろう。植民地帝国日本のメトロポリス東京で、自分はモダニストである前に「不逞鮮人」である。だから、成川の人々は他者ではなく、自分もまた植民地帝国日本の僻地に住む「彼ら」と同じように、近代から抹殺された人間である。朝鮮人虐殺の暴力に晒され、モダニストとしての世界が崩壊した李箱にとっては、もはや、メトロポリス東京にいる自分と成川の「彼ら」とが近代の深淵のその闇の中で融け合ったのではないか。

このとき、李箱は夢から醒めた。このとき、李箱のなかで、近代は終わったのである。竹内好が魯迅の随筆『ノラは家出してからどうなったか』(1923年)と寓話『賢人とバカとドレイ』(1925年)を引用しながら論文「近代とは何か——日本と中国の場合」(1948年)で述べているのと同様に、李箱はこのとき、夢から呼び醒まされ、

「行くべき道がない」「人生でいちばん苦痛な」状態、つまり自分が「ドレイ」であるという自覚の状態を体験している。そして、李箱は、「呼び醒まされた」苦痛の状態に堪えている。暗黒と手さぐりで闘っている。李箱はこのとき、竹内魯迅と同じ態度で、近代を脱したのだ。

「私も時期を見て来月中にもソウルに戻ろうと思います。ここにいても体がどんどんだるくなってゆくだけだし、頭が混乱して不時に発狂しそうです」という、金起林に宛てた11月29日付の手紙における李箱の発狂寸前の言葉は、近代を脱した者の緊張の極限として読まれるべき記述ではないだろうか。近代を脱するということ。夢から醒め、行くべき道がない、人生でいちばん苦痛な状態に耐えるということ。暗黒と手さぐりで闘うということ。それはいわば、発狂寸前になるほどの緊張を強いられる投企／投棄である。実際に発狂してしまうことと、発狂寸前に止まり、発狂しそうな精神を昇華させてテクストを編むこと。文学者にとって、それはじつに紙一重だ。李箱は東京で、後者を生きた。李箱は『倦怠』を書き上げた。李箱は文学によって生かされたのだ。

11月29日付の手紙に吐露された李箱の発狂寸前の心境は、「十二月十九日未明」の日付を持つ『倦怠』を書いている最中の彼の心境、とりわけ「ただ、どこまで行けば終わりが来るのかわからない明日、それがまた窓の外に待ち構えていることを感じながらぶるぶると震えているだけだ」という最後の「暗黒」の中での「震え」に通じているように思う。近代主義者としての自己の解体、自意識過剰からの解放、身体との出会い、成川の人々との出会い直し、そして暴力の予感——李箱は「暗黒」の中で「震え」ながら、近代を脱した緊張の極限を全身で受け止めている。「ぶるぶると震えている」身体を言葉にすることで、緊張の極限に耐えている。言葉で耐えている。身体化された言葉。言葉化された身体。李箱の言葉と身体は、「暗黒」の中で強くなっている。豊かになっている。

このように、李箱の死に隣り合いながら『倦怠』を読み直すとき、『倦怠』の文末に記されている「十二月十九日未明、東京にて」という日付は、モダニスト李箱が死んだ日であると言えないか。生命体としての李箱が死んだのは1937年4月17日である。だが、モダニストとしての李箱が死んだのは1936年12月19日である。モダニスト李箱は、東京の近代に決定的に失望し、東京で成川を想起しながら死んだ。モダニストとしての李箱の死は、東京と成川の間で近代の深淵を覗き込みながら、近代主義者としての自己とそれを徹底的に自己否定する自己へと、自己が引き裂かれていった分裂を意味する。しかしそれは、モダニスト李箱の死であると同時に、近代主義者としての自己を解体した李箱の、ポストモダニストとしての誕生でもあったのだ。その証しがまさしく、『倦怠』というテクストではなかったか。

5　おわりに

私たちは今、李箱の「1936年12月19日」を生きているのではないだろうか。収束しない放射能汚染という近代の成れの果てを生き、再びファシズムの時代、戦争前夜を迎えるなかで、朝鮮人虐殺の暴力が渦を巻いている。李箱を包んでいた暗黒が今、私たちを包んでいる。私たちは暗黒の闇を通じて李箱と繋がっている。だとすれば、私たちは今、ぶるぶると震えているだろうか。夢から醒めているだろうか。

近代の終わり。李箱が東京で書き残したテクスト『倦怠』から私たちが読み取るべきものは、ある決定的な終わりであるように思う。それは、モダニストとしての終わりであると同時に、近代ではこれ以上、人間として生きられないという終わりである。李箱は、近代の終わりに直面しながら『倦怠』を書き上げ、近代を脱した。そうして、李箱は近代を生き抜いたのだ。その後、李箱自身は近代の暴力によって虐殺されてしまったけれども、テクストは死なない。

李箱と共に在りながら、近代を脱すること。むろん、私たちは依然として、近代を生きている。この国の資本主義は暴走しているし、原発は再稼動している。モンサントをはじめとするバイオテク企業は、食を支配し、世界を破壊し尽くそうとしている。イラク戦争が終わらないまま、欧米の軍産複合体はさらなる戦争を引き起こそうとしている。グローバリゼーションの無意識――近代の行く先は誰にもわからない。しかし、だからこそ、近代に流されるのではなく、近代を脱すること。夢から醒め、行くべき道がない、人生でいちばん苦痛な状態に耐えること。暗黒と手さぐりで闘うこと。

近代を脱した、その先にある未来。李箱の生を襲った最悪を知っている私たちは、李箱と共に在る限りにおいて、最悪の未来を回避できるかもしれない。近代を脱した『倦怠』というテクストは、李箱が手さぐりで闘っている暗黒は、私たちの未来の入り口だ。その未来は、少なくとも、「テロ」との泥沼の戦争よりは、マシな未来であるだろう。さあ、李箱と共に、倦怠を抱きしめようじゃないか。だがその前に、まずは飯を食おう。できれば放射能汚染されていない、無農薬あるいは低農薬の、遺伝子組み換えでない、うまい飯を。倦怠するにも腹は減るのだから。

註

(1)『李箱文学全集3 随筆』、金允植編、文学思想社、1993年、241頁、朝鮮語。※以下、『李箱全集3』と略す。日本語訳は崔による。
(2)李箱『幻視記』、『李箱作品集成』、崔真碩編訳、作品社、2006年、178頁。
(3)李箱『逢別記』、『李箱作品集成』、68頁。
(4)『李箱全集3』、234頁。強調は引用者。※原文に出てくる片仮名は、その異質さを再現するため、太字のイタリック体で表記する。
(5)李箱『東京』、『李箱作品集成』、270頁。
(6)『李箱全集3』、239頁。
(7)小森陽一『ポストコロニアル』(岩波書店、2001年)
(8)『李箱作品集成』の解説、崔真碩「〈近代の鳥瞰図〉としての李箱文学――訳者解説にかえて」、「4 植民地の身体としての『翼』」を参照。
(9)崔真碩、前掲解説、「7 方法としての敗北」を参照。

(10)金允植『李箱文学テクスト研究』(ソウル大学出版部、1998年、459頁、朝鮮語)からの引用。原文は日本語。引用中の「蔽色マントシテイル」は「包マントシテイル」の誤記と思われる。
(11)李箱『山村余情——成川紀行中の幾節』、『李箱作品集成』、215~216頁。
(12)そのことを示唆するように、李箱は『倦怠』を「師走」の東京が出てくる随筆『東京』と同じ時期に書いている。両テクストには李箱の倦怠感が通底しており、『東京』では東京の近代への倦怠を、『倦怠』では成川の農村風景への倦怠を書いている。『東京』と『倦怠』、いわばこのふたつは対のテクストである。あくまでも推測の域を出ないが、「がらんどう」の東京の近代への失望によって東京と成川の境界が曖昧になるなかで、李箱は東京と成川を二重写しに見ながら、倦怠感をモチーフにして『東京』と『倦怠』を同じ時期に書いているのではないか。
(13)李箱『倦怠』、『李箱作品集成』、260頁。
(14)小森陽一「自意識過剰からの出口——李箱の文学における言葉の切っ先」、『李箱作品集成』付録。
(15)李箱『倦怠』、『李箱作品集成』、252~253頁。
(16)小森陽一、前傾論文、10~14頁。
(17)『時局新聞』1936年3月9日付と内務省警保局『社会運動の状況』1936年版、ここで参照した2つの資料は、外村大氏に提供していただいた。この場を借りて感謝したい。
(18)竹内好「近代とは何か——日本と中国の場合」、『竹内好全集第四巻』、筑摩書房、1981年、156~157頁を参照。また、李箱と魯迅および李箱と竹内魯迅については、拙稿「影の東アジア」と「十三人の子供が怖いと言っている」(いずれも拙著『朝鮮人はあなたに呼びかけている——ヘイトスピーチを越えて』、彩流社、2014年に収録)を参照。

日本の滅亡について

0　最悪の予感

私は近年、武田泰淳『滅亡について』（１９４８年）を繰り返し読んでいる。日中戦争時、兵士として中国へ行き、敗戦を上海で迎えた武田は、「敗滅のどんづまり」のなかでこの随筆を書いた。

最悪を予感し、最悪に身構え、最悪の未来を回避する。それが文学者の使命だ。武田のこのテクストも、ヒロシマ・ナガサキ後、「第二次、第三次と度重なる近代戦争の性格」がもたらすかもしれない「全的滅亡」という最悪を予感するなかで書かれている。おそらく、敗戦直後はそうした予感が空気として漂っていて、多くの日本人が共感していたのではないか。しかし、滅亡の予感は「戦後」の高度経済成長、物質的な豊かさのなかで麻痺していったように思う。かく言う私もそんな日本社会、東京で育った。福島から送られてくる電気で育った。

３・12の原発爆発、収束しない放射能汚染、ファシズム再来、戦争前夜――敗戦後７０年を経て、「敗滅のどんづまり」、その原点に戻った気がする。予感を手放し、過去を克服しなかったことのツケが、取り返しのつかない形で回帰したのだ。私は今ここで、『滅亡について』を現実的に読み直しながら、滅亡を潜ることの必要性を痛感している。

目取真俊『希望』（１９９９年）というとても短い小説がある。これは１９９５年の米兵による沖縄の少女暴行事件後に、ある沖縄人男性が米兵の子供を誘拐し殺めるという「テロ」の物語だ。男は最後に焼身自殺し、黒焦げた頭は駆け寄ってきた中学生たちのサッカーボールとなる。

１６年経った今この小説を読み直す時、驚かずにはいられないのは、この７０年もの間、沖縄では一度も『希望』に描かれているような「テロ」が起きていないということだ。現在、高江と辺野古で、日本政府は国家暴力を剥き出しにしている。いつ「テロ」が起きてもおかしくない状況に置かれている中、基地前の座り込み行動や海上での抵抗運動はいつだって平和的だ。

おそらく、作者はあの当時、沖縄に吹き溜まっている復讐の暴力、その無意識をすくい取ったのだろう。それを「テロ」という「最低の方法」で表現した。しかしそれは一度も起きていない。起きなかった。『希望』は、沖縄の人々にとっての最悪を回避させたのではないか。

やられたことをやり返さない。魂を失わず、人間であり続けること。沖縄の民は人だ。私は今、それこそが希望なのではないかと夢想している。日本が沖縄に行使してきた／いる国家暴力がこれだけ明らかになっているのに、黙認、黙殺、見て見ぬ振りをしている、無知の暴力そのもの、魂の抜けた日本人に絶望しながら。

拒日。排外されている身の私がこんなこと言うのもなんだが、私は日本という国家を拒絶することを決めた。反日ではなく、拒日。日本とは取っ組み合わない。拒絶する。日本の滅亡について考える私のスタンスだ。東アジア拒日非武装戦線——広島や九州の友人たちと結成した。今、5人くらいいる。この文章は、同志とも言える友人たちとの議論の中で生まれているものだ。

1　今ここにある滅亡

3・12、あの時、菅直人前首相も覚悟したように、東日本は壊滅したかもしれなかった。それは日本の滅亡を意味した。あの時、多くの日本人も滅亡を予感したのではないか。それだからか、日本はその後、滅亡の予感を振り払うように走り続けている。アベノミクス、２０２０東京オリンピック、特定秘密保護法、集団的自衛権——暴走。どれも正気の沙汰ではない。

今だけ、金だけ、自分だけ。今の日本を動かしている動機はこれだ。新自由主義的震災復興も、汚染瓦礫焼却も、手抜き除染も、凍土壁の失敗も、結局はビジネス。大手ゼネコンだけが儲かるシステム。日本は放射能をもお金に換えた天晴れな国。なんでも、金、金、金。未来を捨てている。未来を捨てた日本に、未来はあるのだろうか。

７０年前と同じように、多くの日本人は政府とメディアにコントロールされながら騙されている。だが、本音を言えば、「騙されていたい」のだろう。思考停止。そんな日本人は人ではない。完全に魂が抜けた、腑抜け。語弊を恐れずに言えば、今、反日日本人だけが人なのではないか。現在の日本という国家の在り方、その嘘を見抜き、反対する者のみが生きた目をしている。これからの時代、反日でなければ、生き残れないだろう。

反日すべきは生活も同じ。高すぎる税金。毎月払わされては消える年金。未だ外国人に選挙権はない。バブルよ、もう一度？　ふざけんな。バブルではなく、富の再分配。若者、日本の未来に投資せよ。大学無償化。奨学金という名の借金はチャラ。ブラック国家ニッポン。棄民国家ニッポン。外国人化している日本人よ、立ち上がろう。拒日。棄てられる前に棄てよう。

２　東アジアへの帰還、この道しかない

日本の資本主義は人間性を奪い尽くすところにまで来た。自壊する資本主義、ネオリベグローバリズムの最前線ニッポン。ＴＰＰが締結されれば、モンサントの種子と農薬がセットでやってくる。１％のための軍事支配から、１％のための食の支配へ。沈没寸前の米国と心中。黒船に始まり、黒船に終わる。これが近代日本の末路なのだろうが、３・12とその後の滅亡の先送りが終わりにさらなる拍車をかけた。マクドナルドもそうだが、モンサントの遺伝子組み換え食品も、人間の食いもんじゃない。私たちは今、人間であり続けたいのか否か、問われている。

滅亡の先送りを止めること。もう終わってる。滅亡、目を瞑ろう。もう戻れない、もとには。もうやり直すしかない。でもどうやって？　東アジアへの帰還、この道しかない。東アジアに向けて憲法９条を掲げ、積極的に東洋平和を構築する。仁義を通す。軍国主義のもとで侵略を繰り返してきた、近代日本の落とし前をつける。そうして、日本

は一からやり直す。

夢物語と笑うかもしれない。だが、私から言わせれば、現在の親米日本の方が時代錯誤だし、ちゃんちゃら可笑しい。いや、笑えない。マジでヤバイから。米国はいずれ、日本を飛び越して、中国とうまく付き合っていくだろう。米国が最大のパートナーである中国と戦争できるはずがないではないか。日本は所詮、米国による中国封じ込めの捨て駒、米国の戦争の下請けだ。東アジアへの帰還。地に足つけて、地域に根ざす時だ。

もっとも、近代以来、ひたすら脱亜入欧、脱亜入米し続けてきた日本が東アジアに帰還するには、多くのプロセスが必要だ。米国から自立すること。同時に、近代日本を解体し、東アジアと出会い直さなければならない。近代日本は、アイヌ、琉球、台湾、支那、朝鮮、東アジアの他者を貶めることで、その主体を立ち上げてきた。日本が東アジアに帰還するには、まずもって、これまで貶めてきた東アジアの他者たちと真剣に向き合う必要がある。お金で解決ではなく、自らが傷つけた他者の尊厳への務めを。

3　東アジアの滅亡を学び直す

日本はこれまで滅亡したことがない、歴史上類のない国家である。一方、東アジアは他でもない日本によって滅亡させられた経験を持つ。滅亡をめぐって露わになる非対称性。これが東アジアの歴史だ。
朝鮮——日韓併合。済州島4・3事件、朝鮮戦争。内戦。同族同士の殺し合い。報復としての虐殺。5人に1人が亡くなった。無数の虐殺現場。今でも韓国の地中は骨だらけ。日本は朝鮮戦争特需。1997年のアジア通貨危機、IMF時代は、記憶に新しい。
沖縄——琉球処分。沖縄戦、地上戦。集団自決。4人に1人が亡くなった。本土決戦を先延ばしするための捨て石。日本の国土の0・6％の土地に日本の米軍基地の75％を押し付けられている理不尽な現実。沖縄の犠牲なしには成り立たない日米安保と憲法9条。
中国——目まぐるしい王朝の変遷。滅亡に対する全的経験の深さ。南京大虐殺。日本軍によって消された村々。革命の歴史。資本主義化する中で拡大する格差。10億人の貧しい農民たちが立ち上がり、いつまた革命が起こるかわからない。中国だけではなく、全世界の課題。

日本以外の東アジアは滅亡を経験してきた。しかし、いや、だから、それでも人々は今日も生きている。滅亡は終わりではない。滅亡は始まり。ただし、それが「全的滅亡」でない限りにおいて。

滅亡は「慧知」を生み出す。武田泰淳は仏教を引き合いにしながら、そのことを悟っている。私は仏教のことはよく知らないし、深くは立ち入らないが、滅亡が「慧知」を生み出すということは、生活感覚でわかる。

朝鮮語の挨拶「安寧《アンニョン》」（無事、平和、穏やかの意）とそれに続く「飯食ったか?《パンモゴッソ》」という何気ない言葉、「命どぅ宝」（命は宝）、「中華思想」という王道。私はこれらの東アジアの精神文化は滅亡が生み出した「慧知」であることを肌感覚で知っている。理屈ではない。沖縄で日米に対する「テロ」が起きていないのは、「命どぅ宝」という「慧知」があるからだ。

翻って、日本はどうか。滅亡したことがない。先の戦争では地上戦をせずに済んだ。3・12では原子炉の蓋が吹き飛ばずに済んだ。ヒロシマ・ナガサキ・フクシマという「部分的滅亡」を経験したものの、日本はこれまで奇跡的に滅亡を回避してきた。だが、日本は「部分的滅亡」から何も学ばなかった。むしろ、驕った。フクシマ後の状況と向き合いながら、私は考えている。滅亡の未経験、果たしてこれは日本にとって幸いだったのだろうかと。

4　憲法9条を東アジア化する

敗戦後、「敗滅のどんづまり」から生まれた日本の慧知がある。憲法9条だ。しかし今、歴史＝物語、感情記憶が継承されないまま、失われようとしている。敗戦の歴史＝物語を「語り継ぐ」ことが緊要だが、もう取り返しがつかないくらいに語りの命脈が断たれてしまった。歴史、政治、教育が死んでしまった。反知性主義の安倍政権、ファシズムの再来を見る時、戦後日本の愚民政策は貫徹したのだと悟る。米国の占領政策は大成功したのだ。

慧知としての憲法9条を捨て、お金のための、米国のための戦争に突き進むのか。日本は今、歴史の大きな転換点に立っている。もしも憲法9条を捨てたら、日本はもう東アジアに帰還することはできないだろう。

東アジアの人々は、靖国問題が持ち上がった時など、日本がいつまた軍国主義化するんじゃないかと、日本を怖がってきた／いる。反日デモは、東アジアの平和を願う人々の、侵略の過去を克服しようとしない日本への怒りだ。つまり、反日とは、反日本軍国主義の略なのだ。

東アジアの人々にとって、日本への信頼の最後の頼みは憲法9条だった。だから、もしも日本が憲法9条を手放し、再び戦争できる国になれば、もう見切りをつけるだろう。ああ、やっぱりそうか。日本は怖い、と。日本に再び侵略されないために軍事力をさらに強化し、東アジアの軍事的緊張が一気に高まるだろう。東洋平和はまた遠のいてしまう。東アジアの戦争と平和。その命運は、窮状に喘ぐ憲法9条が握っている。

言うまでもなく、私は護憲派だ。ただし、条件付きで。東アジア化された憲法9条のみを私は護りたい。日本による、日本のためだけの、ナルシスティックな憲法9条は要らない。反吐が出る。沖縄に日本の米軍基地を押し付けてきたこと、反共の砦である韓国や台湾の（米国の後押しを受けた）軍事独裁政権下での民衆の犠牲を知らずに、憲法9条を誇りに思っている護憲派（圧倒的多数の日本人）はただの「平和ボケ」だ。世界知らず。冷戦時代、戦争状態にある日本以外の東アジアの犠牲の上に日本の「平和」はあったし、憲法9条は護られてきた。

１９８０年代、私たちの身の回りにはＭＡＤＥ　ＩＮ　ＫＯＲＥＡ、ＭＡＤＥ　ＩＮ　ＴＡＩＷＡＮの製品で溢れていた。私は小学生だったが、今でも鮮明に憶えている。「戦後」日本の「平和と繁栄」の影には、日本以外の東アジアでの戦争と東アジアからの搾取があった。東アジアの戦争と日本の「平和」、東アジアからの搾取と日本の「繁栄」、これが冷戦時代における東アジア資本主義の構造であり、この不平等な構造のもとで「戦後」日本は経済大国になったのだ。本気で憲法9条を護る気があるのなら、きれいごとだけ言っていないで、東アジアと向き合え、沖縄に押し付けてきた米軍基地問題を自分の問題として考えろと強く言いたい。

しかし、だから、沖縄をはじめとする東アジアの犠牲の上に憲法9条があることを知っていて、それでもなお憲法9条を大切に掲げてきた日本人は本物だ。大江健三郎さんは本物だ。私の師匠である小森陽一さんも本物だ。菅原文太さんは最期まで仁義を通した。カッコイイ。大好きだ。私たちが尊重するべきなのは、敗戦後、戦争にホトホト愛想が尽きた上の世代の、もう二度と戦争をやらない、原爆の非人道性を許さないという切実な思いだ。絶対に忘れちゃいけない。憲法解釈はいろいろあるし、憲法自体はGHQが主体的に書いたものだが、その憲法9条に内実を与え、憲法9条を血肉と化し、輝かせてきたのは、本気で平和を希求している日本人だ。そして、その輝きの影には、沖縄をはじめとする東アジア民衆が流した血と汗がある。

世界遺産なんかにするのではなく、私は憲法9条を東アジア化したい。日本の侵略戦争の痕跡の上にある東アジアに平和を築くためには、是が非でも、憲法9条が必要だ。憲法9条は東アジアのもの、東洋平和論だ。仮に憲法9条を改正するのであれば、まずもって、東アジアにその是非を問わなければならない。それが筋というものだ。日本よ、筋を通せ。これ以上、仁義を失うな。

5 東アジアは日本にやさしい

東アジアは放射能汚染加害国である日本を責めない。それは原子力資本主義体制の中で共犯者でもあるからだろう。周知のように、中国にも韓国にも台湾にも原発はたくさんある。「騙されていたい」。それはどの国の国民も同罪だ。しかし、当然のことながら東日本の食材を輸入禁止にしてはいるものの、実際に日本を責めなかったことも事実なのだ。思うに、滅亡を経験しているからこそ、東アジアは日本にやさしいのではないか。想像してみてほしい。もしも韓国で、あるいは中国で原発事故が起きていたら、どうなっていただろう。きっと、日本は韓国と中国を責めまくったに違いない。

毎春恒例の「PM2・5」。春になると、メディアは一斉に騒ぎ立てる。「PM2・5」が大々的に取り上げられはじめたのは、2012年春、つまり原発爆発の翌年からだ。放射能汚染を思い出させないための隠れ蓑。「PM2・5」、確かに問題なのだろうが、この大気汚染を引き起こしているのは、中国の大都市で走っている自動車だ。トヨタ、ホンダの車だってたくさん走っている。日本の高度経済成長期の公害問題は？　自分のことは棚に上げて、相手を責める時は超攻撃的。それがこの国。

私は3・12後、日本による東アジアへの侵略の歴史と東アジアによる日本への非侵略の歴史を想起した。日本は近代以降、東洋平和を滅茶苦茶に破壊してきた。一方で、中国も朝鮮も琉球も、日本を侵略したことは一度もない。むしろ逆に、朝鮮通信使や韓流など、文化交流に努めてきた。東アジアは日本にやさしい。安寧。日本が東アジアに帰還するチャンス、日本がやり直すチャンスは、いつでも開かれている。

しかし、日本はことごとく自らそのチャンスを潰している。日米同盟の強化。黒船米国との心中。韓国はAIIBに加盟した。地政学的に日本と韓国は近い。どちらも米国の属国だ。だが、日本は先の戦争で米国にぼろ負けしたが、韓国は米国と戦争していない。この差は決定的だ。米国に戦争に負けたということ。その敗戦の痕跡の上に日本があるということ。いつまでも負けたままでいたい、米国にくっついて甘い蜜を吸い続けたいという奴隷根性。金だけはあるから。これからは血を流しても構わないから。ジャイアンとスネオ。

日米が心中するかたわらで、今後、東アジアは激動しつつ、東アジア化してゆく。米国とキューバが国交樹立に向けて動き出した。次は、北朝鮮だ。米朝の国交樹立、その次に、朝鮮戦争の終結と南北朝鮮の統一。最後に、なし崩し的に日朝の国交樹立。

朝鮮の統一後、韓国での二年の徴兵、北朝鮮での十年の徴兵がなくなれば、朝鮮半島には若いエネルギーが溢れるだろう。ケチな経済的観点だけでは予測できない、胸躍るような出来事が起こるはずだ。若い力で統一後の困難も乗り越えられるのではないかと私は夢想している。朝鮮半島はこれから何が起こるかわからない。わくわくする。何よりも、北朝鮮に自由に行ってみたい。北朝鮮の友人が欲しい。研究仲間、飲み友達が欲しい。出会いたい。語り合いたい。

その時、日米は何かと邪魔をするだろう。ジャイアンとスネオのように。それでもいい。ジャイアンとスネオのような奴がいたっていい。たとえ、喧嘩に勝てないジャイアン、破産したスネオであったとしても。ジャイアンとスネオがいない『ドラえもん』は『ドラえもん』ではない。ジャイアンとスネオがいなければ、ドラえもんの存在理由はなくなってしまう。

いや、もう、ドラえもん（の何でも叶えてくれる不思議なポッケ）は要らない。のび太よ、自立する時だ。少欲知足。平和の有り難さを噛み締めたい。消費文化を卒業し、真の豊かさを求めたい。コンビニの向かいにコンビニは要らない。自動販売機もそんなに要らない。ウォシュレットもたまにでいい。日本の照明はどこも明るすぎる。貧しさではなく、つましさを。ドラえもんはもう何も夢を叶えてくれなくていい。夢はこの手で叶える。アンアンアン。それでも、とっても大好き、ドラえもん。

6　サラム　ひと

原発再稼働、原発輸出、原発新設。3・12からまだ4年しか経っていないのに、未収束の原発事故、放射能汚染を忘れてしまった日本。70年前の「敗滅のどんづまり」から生み出したはずの慧知、憲法9条を失いつつある日本。すべてはお金のため。今だけ、金だけ、自分だけ。未来を捨てた日本に、未来はない。日本はもう一度原発事故を経験しないと生まれ変われないのだろうか。もう一度戦争にぼろ負けしないと平和の有り難さを分かち合えないのだろうか。それじゃ、あまりに愚かすぎやしないか。所詮、それが人間なのか。

未収束の危機にあるイチエフがどうなるかは誰にもわからない。メルトダウンした核燃料はメルトスルー、どこにあるのかわからない。私たちは3・12後、メルトダウンした核燃料と共に在る。今後、なんらかの原因でメルトアウト、再臨界に達した時――日本は「全的滅亡」するかもしれない。その時、地球はどうなる？　ナウシカの世界。映画ではなくここが舞台。原子力ムラ、アベノミクス、ファシズム、そして2020東京オリンピックに浮かれるこの国の性格がもたらすかもしれない「全的滅亡」。私たちが回避しなければならない最悪の未来。

滅亡、目を瞑ろう。そして、新たな慧知を生み出そう。東アジアへの帰還。東アジアに向けて憲法9条を掲げ、積極的に東洋平和を構築すること。軍国主義のもとで侵略を繰り返してきた、近代日本の逆転。滅亡を経ても人は生きる。東アジアの人々は今日も生きている。滅亡で終わらない強さ。人はじつは強い。ケンチャナヨ。なんくるないさ〜。アンニョンハセヨ、安寧ですか？

〈サラム　ひと〉。私が創った人の在り方、名前だ。私は近年、〈サラム　ひと〉をモチーフにした詩を書いている。

わたしは〝サラム〟というやわらかな響きに
3・11後の〝ひと〟の在り方を託したい
そうして　近代人を　人間を　脱皮したい

今だけ金だけ自分だけの　魂の抜けた多数派
その影で　サラム　ひとの魂は豊かになっている
少数派だけれど　独りで多数　密度がとっても濃ゆい
魂だ

魂とは　いのちに敏感である身体のこと
〝たすけて〟子供たちのいのちの叫びを聞きとる耳
わたしは今　いのちを燃やしている

滅亡を抱きしめるほど　サラム　ひとの魂は豊かに

なる
人間の終焉から　サラム　ひとの復活へ
終焉は復活

たとえ明日世界が滅びようと
わたしは今日
稲を植える

（「サラム　ひと」）


私がこの名前に込めているのは、朝鮮人と日本人の共生だ。朝鮮と日本は共に在る、運命共同体。共生のための名前。祈りとしての〈サラム　ひと〉。

言葉を創ることは、場を創ることだ。気がつけばそこにある場所。さりげなく、しかし、しっかりとある場所。どんなに韓国が嫌いな日本人でも、「アンニョンハセヨ」「サランヘヨ」という言葉は知っているだろう。言葉は知らず知らず浸透していて、同時に、そこには場ができている。出会いの場が。そんな感じで、〈サラム　ひと〉、この言葉を創りたいと思っている。

反戦、非戦、そして拒日。いや、資本＝国家そのものを拒絶する。3・12後、資本＝国家にはホトホト愛想が尽きた。しかし、だから、社会を諦めない。他者との共生を諦めない。私はこれからも日本で生き、日本の滅亡を生き抜くつもりでいる。〈サラム　ひと〉として。そうして、もう少しマシな未来を招来したい。この世はもっと素敵なはず。私たちは相互扶助できるはず。さあ、今こそ、本物の社会運動を。

私はあなたにこの言葉を伝えたい

0　幽霊の気分で

２００２年の9・17以降、私は幽霊の気分で生きてきた気がする。ウシロカラササレル。拉致問題が渦巻くなか、空気として漂う虐殺の暴力を予感しながら、私は決定的にこの国の正体を見た。それは同時に、歴史に分け入り、死者たちの残傷を分有する契機となった。それ以降、私はこの国に怒り続けてきたし、呪い続けてきた。幽霊の気分で。

ヘイトスピーチ／関東大震災時の朝鮮人虐殺。朝鮮人に対する差別、憎しみを際限なく再生産してきた近代日本の仕組みをいかに解体し、近代日本の国家暴力をいかに廃絶するか。本稿は、私が遭遇した個人的な事件を掘り下げながら、この暴力をめぐる普遍的な問いを文学的に問うものだ。つまりは、国家暴力を解くための言葉を求めるものだ。潜る。影を潜る。そのことで光の眩しさを知る。潜る。絶望を潜る。そのことで希望の有り難さを知る。潜る。歴史を潜る。そのことで今を知り、未来を思い描く。潜る。滅亡を潜る。そのことで復活、滅亡は始まりとなる。二進も三進も行かない、今にも窒息しそうな閉塞状況のなかで、求められているのは、この潜るという身構えなのではないか。幽霊の気分で。

1　産経事件を振り返る

産経事件。２０１４年5月21日付の産経新聞の報道をきっかけにして、私はヘイトスピーチにさらされた。〝広島大講義で「蛮行」訴える韓国映画〟、〝一方的に「性奴隷あった」〟――その報道とは、私が教員として働いている広島大学の授業（オムニバス授業「演劇と映画」）で日本軍慰安婦の問題を題材にしたドキュメンタリー映画『終わらない戦争』（金東元監督、２００８年）を上映したことを問題視する内容の記事だった。しかも1面記事。だが、そもそものきっかけは、当該授業を受けていた学生、水田くんによる産経新聞の読者欄（同年5月8日付）への投書だった。〝先日、大学で信じられない授業があった〟、〝これが日本の国立大学の講義で取り上げる内容だろうか〟――この投書に、産経新聞の大竹記者が飛びつき、先の1面記事を作成したのだ。

その後、およそ一ヶ月ほど、私と大学宛てに脅迫や嫌がらせの電話が鳴り続いた。脅迫者たちは公衆電話かどこかから電話をしてきては一方的に話して切る。「授業を荒らしに行く」と言い放っておきながら、誰一人、実際に大学までは来なかった。電話だけ。それでも効果は絶大で、大学側は混乱し、電話対応しなくてはならない事務職員はただでさえ忙しい業務に支障をきたした。

大学側の対応は終始、事なかれ主義、とにかく火消しに躍起になっていた。学外に向けて、何の声明も出さなかった。声明は生命なのに。声明は、何か不当な出来事に遭遇したとき、殺られないぞ、屈しないぞという、生きることの宣言だ。何も声明を出さないことで、歴史修正主義とヘイトスピーチを黙認し、また一つ生命を失った。大学が崩壊した。いや、すでに崩壊していたことが顕在化した、崩壊がさらに深刻化した、というのが正確だろう。

今、産経事件を振り返ると、結局、大学側が事なかれ主義に走り、何も声明を出さないことで生み出されてしまった空気、あたかも箝口令が敷かれたかのような重たい、しかし限りなく空疎な空気感が一番しんどかった。黙殺。歴史修正主義とヘイトスピーチに対する黙認は、すなわち黙殺だ。私を黙殺。そして誰よりも、日本軍慰安婦にさせられた被害女性を黙殺。それでも有志たちと共に声を上げた。「今を考える会」を立ち上げ、声明を出した。それで、なんとか、生命を維持、首の皮一枚繋がっている、大学が大学たり得ている気がする。

しかし、その後の「人文社会科学系の廃止」やら「スーパーグローバル」といった「改革」という名の大学に対する攻撃とさらなる運営費交付金の削減によって、国立大学は疲弊しきっている。もう国に金がない。大学にも金がない。理念を語る余裕なんてない。これはきっと国立大学に限らない問題だろう。日本の大学にはもはや、歴史修正主義とヘイトスピーチに頑として立ち向かうだけの体力はない。ただただ、一回一回の授業を大切に行うこと。学生との出会いを大切にすること。これが最後の砦。ここだけはなんとか守っていきたい。

2　産経事件を乗り越える

水田くんと大竹記者と私。産経事件の登場人物はこの3人だ。産経事件は大きな騒動になったが、時間が経てば経つほど、雑音は遠のいてゆき、大竹記者との電話でのやり取り、水田くんと会ったときに交わした言葉が鮮明に思い出される。声の感じ。顔。話しているときの目。

「そんな記事を出したら、私はヘイトスピーチにさらされる。私はともかく、家族を危険にさらすことになる。あなたにはそれもわからないのか！」

1面記事が出る前夜の電話でのやり取り。

「私にも子供がいますから、お気持ちはわかります」

「とにかく、記事にするにしても、一度会って、ちゃんと取材してから出してほしい。それが筋でしょ」

「投書が来た時点で取材を申し込んだのに断っておきながら、今さら、それはないでしょう。もう明日の朝刊に載ることになってますから」

「それでも、私は実際にあなたに会っておかないと、納得がいかない。ヘイトスピーチにさらされる覚悟をするうえで、その火種になる記事を書いたあなたに会っておかないと。私がこれだけ覚悟しているんだから、あなたも記者として最低限の礼儀を尽くせ」

「わかりました。これからデスクに相談してみます」

その後、30分以上の間隔があって再度電話がかかってきたが、結局デスクは取材を認めてくれないとのことだった。

私は観念し、「わかった。それじゃ、私の発言に関するところは一字一句違わずに掲載してほしい」と伝えた。

〝人間はありのままに語ることはできない。だが、物語の力、虚構によって、より真実を鋭く伝えることも可能だ〟

——先の一面記事に掲載された私の言葉。私が特に力を入れて伝えたかったのは、ここだった。私は、「ドキュメンタリーとは何か」と題する授業で、学生たちに金東元監督の『終わらない戦争』を観せたのだが、それは、日本軍慰安婦のことを知ってほしかったのもあったが、それ以上に、このドキュメンタリーが持つ物語の力、つまり、さまざまな証言やインタビュー、歴史資料を織り交ぜながら、日本軍慰安婦をめぐる歴史的事実を客観的に浮き上がらせる、その構成力に触れてほしかったからだ。

「虚構を加えないで、事実をありのままに記録・構成した作品」というドキュメンタリーに関する辞書的な定義とは逆に、ドキュメンタリーもまた虚構であり、事実をありのままに語ることなどできないが、しかし、物語の力、あるいは構成力、もっと言えば、虚構の力によって、より真実を鋭く伝えることができる。「ドキュメンタリーとは何か」という主題で行った授業で、私はそのことを伝えたうえで、優れたドキュメンタリーの一例として『終わらない戦争』を上映した。

〝授業の前半で、教授は「ドキュメンタリーといえども、うのみにしてはいけない」という意味のことを言っていたが、あれは事前の逃げ口上だったのかもしれない〟——ところが、水田くんは先の投書の中で、「ドキュメンタリーもまた虚構だ」という私の言葉を、「ドキュメンタリーといえども、うのみにしてはいけない」、このように曲解していた。私にとって、これは耐え難いことだった。せめて、ここだけははっきりさせておかないと気が済まない。どうしようもなく、殺されている感じがしたのだ。

翌日の産経新聞を読みながら確認すると、大竹記者は、一字一句違わずに私の主張を記事にしていた。だが、それ以前に実際に記事を読んでみて驚いたのは、1面記事だったのもさることながら、「韓国籍の男性准教授」として私が登場するこの記事は、歴史修正主義と韓国バッシングを装いながらも、3面で大々的に展開される朝日新聞叩きの前座だったことだ。その頃、産経新聞は「歴史戦」という朝日新聞叩きの特集を組んでいて、その「第2部　慰安婦問題の原点」の導入部に私と水田くんは登場していたのだった。ただのダシ。そのために、ヘイトスピーチにさらされ、教育現場が破壊されるなんて。トホホ。

結局、この朝日新聞叩きはその後、同年9月11日の朝日新聞の謝罪会見へと至る。特定秘密保護法の威力。大学崩壊。報道崩壊。巨視的な視点で捉えると、産経事件は、現政権が学問の自由と言論の自由を脅かしながら、この国のファシズム化を進行させる過程で起きた事件だった。要するに、鉄砲玉。大竹記者と水田くんは、安倍政権の鉄砲玉だ。それじゃ、私は何者？　朝鮮人。

話を戻すが、大竹記者が筋を通した（？）おかげで、先の1面記事はいびつな記事となっている。歴史修正主義と韓国バッシングに偏向した記事の中に、上記した私の主張がそのまま入っている。静かになった今、思うのは、大竹記者は壊れながら書いているのではないか、ということだ。ものすごく好意的な、お人好しな捉え方かもしれないが、掲載前夜の取材をデスクに相談してみた（かもしれない）ことや、私の主張を括弧で括って一字一句違わずに載せたことなどを鑑みるとき、彼は、記事の中身は最低だが、人としてまともなところを持っているように思えた。

聞くところによると、産経新聞には組合がない、新聞業界では悪名高いブラック企業だという。スクープに飢えている、電話で話しながらも大竹記者の必死さが伝わってきた。自分の記事がもとで歴史を歪曲するだけでなく、ヘイトスピーチの火種となる。そのことを知った上で1面記事を発表しておいて、つまり明らかな加害者であることを知っていて、果たして彼は、まともでいられるのだろうか。もっとも、そんなこと言っていられないくらいに記者生活は忙しいだろうから、もはや感覚は麻痺している、壊れているのだろうが。

〝天皇陛下から賜った軍刀を焼きごて代わりにするなど笑止千万。あり得ない〟――水田くんが私に力強く伝えた言葉。実際に会ったとき、そしてその後提出してきた当該授業のレポートで。彼のこの主張は、『終わらない戦争』に登場する李秀山さんの、慰安所から逃亡して捕まったときに日本兵に軍刀で体に焼きごてを当てられたという証言に対する反論だ。この話を周りの人にすると、みんな吹き出す。しかし、彼と面と向かい合って話していると き、私は笑えなかった。この言葉を発しているとき、水田くんの目は光った。終始ふてくされたように話していた彼が、そのときだけぎゅっと目を合わせたのだ。彼の本気が伝わってきた。

私が水田くんに会ったのは、産経事件を収束させるために「補講」と称して行われた当該授業の最終授業においてだった。彼はその授業を破壊しにやってきた。学生からの質問を受け付ける際に、彼は挙手して自ら名乗り出た後、受講生200人の前で事前に書いてきたペーパーを読み上げながら自説を展開しはじめた。明らかに質問ではないため司会者に途中で遮られた後、彼は自ら退室した。その彼を私は追いかけ、校舎の外で引き止めて、立ち話をしたのだった。およそ10分ほど。

自分でも不思議だったのだが、私は彼と話しながら、なるべく彼の体に触れようとしていた。といっても、触れられたのは両肩だけだったように記憶しているが、私はそのとき、彼が人であることを必死に確認しようとしていた。見えない恐怖。ヘイトスピーチの恐怖はここにある。攻撃者が誰なのか、どれだけいるのかが、見えない。私は水田くんに会い、すれ違いに終わったけれども、彼と言葉を交わし、彼の体に触れることで、ヘイトスピーチの恐怖を克服した。結局、私は人なんだと思う。水田くんも人。大竹記者も人。みんな人。人でなしでも、人は人。お互いに人であることを知ること。この当たり前すぎる原点に立つことが、ヘイトスピーチを乗り越える、その道筋なんだと思う。

当該授業のレポートで、私は140名のレポートを読んだ。水田くんのレポートも読んだ。正直ちょっと悔しいのだが、彼のレポートはピカイチだった。中身は歴史修正主義そのもので、学術的には評価しようがないのだが、彼は自分の文体、言葉を持っていた。「笑止千万」って、渋すぎる。彼のレポートを読むことで私はまた彼の人となりに触れた気がした。水田くん。もっと広い世界を見てほしいし、見せてあげたいと切に思う。200人の前で、いわば絶対的なアウェイで自説を堂々と展開する、その情熱は本物だ。ただし、それは負の情熱だ。情熱の負を逆転することができたらと願う。逆転してほしい。世界は君が思っているよりもずっと広くて、隣には他者がいる。人がいるんだよ。私はあなたにこの言葉を伝えたい。

3　やられたことをやり返さない

大竹記者を「産経」と括ってしまうこと。水田くんを「ネット右翼」と括ってしまうこと。もっとも、それは事実だし、ある局面においてはそう括る必要性もあるが、それだけに終わってしまうことに私は違和感を覚える。産経事件が知られるようになればなるほど、日本で、韓国で、産経事件を通じて私のことを知っている人に会うたびに、その違和感は募っていった。産経事件について語り合うとき、相手は大概、私に同情的に接してくれるので、私自身、被害者として、躊躇いもなく「産経は〜」「ネット右翼は〜」と彼らを括って語るようになる。しかし同時に、産経事件をある括りの中だけで語れば語るほど、人が遠くなっていく、そこには人がいなくなっていく気がした。

また、気が付いたら、私自身が「産経事件の崔真碩」と括られていた。産経事件を通じて私のことを初めて知った人は、最初、そのような目で私を見る。仕方のないことかもしれないが、とても不幸なことだ。そこにいるのは、産経新聞にバッシングされ、ヘイトスピーチにさらされている被害者としてだけの私。ほとんどの人は、当該記事を詳細に読んではいない。そこには、『終わらない戦争』の持つ物語の力、虚構の力にこだわった私がいないばかりでなく、当然のことながら、大竹記者の他者性も、水田くんの他者性もこぼれ落ちている。

産経事件について語りながら、私が彼らを「産経」や「ネット右翼」と括り続けることもまた、逆のヘイトスピーチなんじゃないか。むろん、産経新聞は悪質だし、ネット右翼は陰湿だ。ヘイトスピーチはヘイトクライムであり、許せない。だが一方で、「産経」だって「ネット右翼」だって、その一人一人が人であること、その当たり前を見失ったとき、私も人でなくなる、私の魂は痩せ細るような気がする。私は、産経事件を乗り越えるうえで、大竹記者と水田くん、二人の名前を呼ぶこと、言葉にすることが必要なんだと悟った。彼らが人であることを認め、人として向き合うために。これは私の呼びかけだ。

魂を失わないこと。私自身が殺られないこと。ヘイトスピーチなりレイシズムなり、差別の暴力を被った者の生き方のように思う。受けた暴力は澱のように体内に溜まってゆく。言葉の暴力。黙殺の暴力。自分では全然平気だと思ってはいても、知らず知らずのうちに、澱が溜まってゆく。荒んでゆく。もともと私は口が悪く、短気だったが、事件後、さらに酷くなった気がする。自分の家族に対する言動や妻の態度、子供が（私の真似をして）口にする言葉を通じて、そのことを突きつけられる。死にたくなる。どんなに格好をつけたって、結局、最終的に試されるのは、生活者としての在り方であり、家庭内での自分の姿なのだ。

やられたことをやり返さない。もがき苦しむなかで、私が紡ぎだした言葉。これは、やられたらやり返せ、つまり対抗暴力の問題、さらに突き詰めれば、復讐と正義という難題に対する私の解、私の暴力論だ。やられたことをやり返さない。やられたことをやり返してしまったら、自分が暴力を行使する側に立ってしまったら、結局、相手と同じになってしまう。私の魂が死んでしまう。それだけは、絶対にあってはならないこと。だから、やられたことをやり返さない。非暴力。誤解しないでほしいのは、これは、「暴力はいけません」といった善人面したお利口さんのモラルなんかじゃないということだ。やられたことをやり返さない。これは、私自身が魂を失わないための生き方だ。やり返すことで恨みを晴らすのではなく、恨みではなく、怒りを持続させるための態度だ。恨みは何も生み出さない。むしろ、心が荒んでゆく。怒りは原動力だ。やられたことをやり返さない。私はやられたことを暴力でやり返さない。怒る。しつこく、よりラディカルに。

私は、水田くんのことも、大竹記者のことも、許せない。私の率直な感情、怒りだ。私はこの怒りを押し殺そうとは思わない。怒りを抱く限りにおいて、私は人であり続け、仮にこの先、二人と出会うことがあったとき、すーっと向き合えるような気がしている。怒りを抱くことは、そのこと自体が、私が二人と繋がる回路なのだ。他者への開かれを閉ざさないこと。いろいろな想いが交錯するが、しかし、何があっても、他者への開かれを大切にしたい。喜怒。そうして、いつか、今のこの怒りを喜びに逆転することができたらと思う。

4 〈在日を生きる〉から〈サラム　ひと〉へ

私は、近い将来、この国は滅亡すると予感している。2011年3月12日と14日の原発爆発。世界的に進行している自壊する資本主義のなかにあって、この国もまた自壊を先送りしてきたのだろうが、今だけ金だけ自分だけの、魂の抜けた資本主義者たちの陳腐な悪が引き起こした地球規模の人災と、その後の亡者たちの悪足掻きによって、奈落への道が加速度的に開かれた。悪足掻きすればするほど、奈落に沈んでゆく。滅亡、目を瞑ろう。


メルトダウン、メルトスルー、メルトアウト。人類のレベルでは収束できない、もうどうにもならない3つの原子炉、しかも再臨界しているデブリをこの国は抱え込めないだろう。ソ連はチェルノブイリの5年後に滅亡したが、日本も近い将来、国家としては滅亡するだろう。手抜き除染に、汚染瓦礫焼却に、失敗する凍土壁。放射能汚染さえもお金に換えてしまったこの国は、自らの滅亡を享楽として体験している。もう終わってる。

3・12から5年も経たないうちに、放射能汚染の問題は風化してしまった。汚染されているのは福島だけではないのに。いや、だから、なのだろう。国家としての存亡の危機に立っているから。「アンダーコントロール」の大嘘。「2020東京オリンピック」の悪夢。東京が、首都圏が酷く汚染されてしまった事実を隠蔽すればするほど、その現実を抑圧すればするほど、国家は暴走し、社会は歪み、放射脳天気、人々は放射能に脳天気になった。

国家が滅亡する過程で、日本社会はすでに破綻している。取り戻せないくらいの自信喪失ととてつもなく巨大な社会不安のなかで、その捌け口としてヘイトスピーチが常態化し、大日本病に反知性主義に思考停止、いつまでも騙されていたい日本国民はファシズムを、独裁者を求めている。「一億総活躍」なんてとんでもない。一億総玉砕。みんな元気がない。不安。不信。核鬱。これが今の私の時代感覚だ。

今、私たちは、滅亡する国に生きているということ。3・12後、〈在日を生きる〉意味は変わったのだと私は覚悟している。〈在日を生きる〉と同時に、〈在日〉を越えて、民族を越えて、人類の立場から地球倫理を抱き、収束しない放射能汚染という、この最も過酷な近代と向き合い、生き抜くこと。〈在日を生きる〉以前に、人として生き直す、人をやり直す。これが3・12後、〈在日を生きる〉原点だと私は覚悟している。だって、私たちは、〈在日〉である前に、サラムであり、人なのだから。

〈サラム　ひと〉。3・12後、人として生き直す、人をやり直すための名前として、私はあなたにこの言葉を伝えたい。この国は滅亡しても、私とあなたは、この社会で、隣の人として生きてゆく。国家は滅亡しても、社会は滅亡しない。人が二人以上生きている限り、そこに社会はある。

サラム　ひと
サラムとひとは　運命共同体
共生のための名前
祈りとしての　サラム　ひと

サラムは朝鮮語で人の意
サランは愛
サラムとサランは　同じ語源　同じ響き
人と愛が同じじって素敵だ

ひと
この平仮名のやわらかな表情と響きも素敵だ
サラムとひと
ふたり繋げて　サラム　ひと

サラムとひとは　ずれながら繋がってる
互いが互いの内なる他者
サラムだけでは足りない
ひとだけでも足りない

サラム　ひと
隣人と共生する限り
命の知恵が生み出され
滅亡は始まりとなる

サラム　ひと
この世はもっと素敵なはず
わたしたちは相互扶助できるはず
なにも恐れる必要ないのさ

滅亡　目を瞑ろう
滅亡　目を瞑ろう
滅亡　目瞑ろう　目瞑ろう

メルトダウン　メルトスルー　メルトアウト
溶け落ちた核燃料　デブリが地下水脈に達した
再臨界
さあ　今ここが　始まりだ

（「目を瞑ろう」）

私は近年、〈サラム　ひと〉をモチーフにした詩を書いている。詩集〈サラム　ひと〉。２０１５年3月25日に創刊された、『越境広場』という沖縄を交差点として東アジアに向かって発信されている雑誌の0号と1号に発表した。３・12後、近代人を、人間を脱皮したい。脱成長。脱国家。脱原発。脱被曝。近代を脱して、〈サラム　ひと〉としてやり直したい。そんな想いを抱いて、私は今を生きている。
〈サラム　ひと〉。私がこの名前に込めているのは、人としての再生であると同時に、朝鮮人と日本人の共生だ。朝鮮人と日本人は運命共同体。ひとはサラムと共に在る。多数にしてひとりの存在。だから、〈サラム　ひと〉。ひとは〈サラム　ひと〉。ヘイトスピーチを乗り越えて、日本の滅亡を生き抜く、共生のための名前。祈りとしての〈サラム　ひと〉。3・12後の〈在日を生きる〉。〈サラム　ひと〉。私はあなたにこの言葉を伝えたい。伝えたい。

影の被曝者
——ヒロシマ、フクシマ、イカタ

0　ヒロシマの終わり

ヒロシマが終わった。

あの写真を見た時の直感だ。オバマ大統領と対面し感極まる被爆者。大統領は被爆者の老人を優しく抱き寄せる。「和解」を演出するために仕組まれた、広島演説を終えたオバマ大統領と被爆者たちが対面する場面のワンシーンを切り取った写真は、その政治的意図のままに政治利用されている。

茶番では何も変わらない。「和解」も「核なき世界」も実現しない。むしろ遠のかせるだけだ。茶番は人々の記憶に残らない。消費されて早急に忘れ去られる。この盛り上がりもすぐに冷めて忘れ去られるだろう。ただ、「和解」、この盛り上がりの残骸にヒロシマはまた縛られる。苦しめられる。もはや誰も覚えちゃいないのに。

ヒロシマはじつに複雑で難しい。ピカ。核爆弾と核汚染によって人間的にも科学的にも医学的にも理解不能な破壊をされ、ただでさえ地獄を生き抜いてきたのに、その後は、今日に至るまで日米という強大な国家権力によって悪用され、分断され、蹂躙されてきた。ヒロシマは紛れもなくリアルに在るのに。残傷の疼きが今でも聞こえるのに。

ヒロシマは国から押し付けられる「平和」の物語、「唯一の被爆国日本」という被害者意識を率先して演じてきた。沖縄核密約で明らかになった非核三原則の嘘。日清戦争以来、日本のアジア侵略の拠点となった軍都廣島の歴史。現在にまで至る広島県（広島市と呉市）の軍需産業。戦争と平和。近代以来、そして原爆投下後、ヒロシマが抱え込んできた矛盾は重い。オバマ大統領の広島訪問、「和解」で、ヒロシマが抱える矛盾はさらに深刻化したのではないか。実際のところ、盛り上がっているのは政治家たちと政治化した被爆者たち、それとマスメディアだけで、多くの人々は白けているのだろうが、ヒロシマを問うことがさらに複雑で難しくなったことは間違いない。

日本がアメリカの戦争の下請けに成り下がりつつ「戦争ができる国」になってゆくなかで、ヒロシマで日米の茶番が繰り広げられ、確実に日米同盟が強化されていることがおぞましい。ある意味、ヒロシマは、日米同盟を深化させる上で最大の障壁だったのではないか。これまでアメリカの歴代大統領が誰一人広島にやって来れなかったことがそのことを物語っている。日米関係を突き詰めるとき、ヒロシマは常に日米関係の矛盾の結節点だった。

今回、オバマ大統領の広島訪問の「成功」を受けて、日米同盟はヒロシマをクリアした。同時に、日米同盟はヒロシマでの「和解」を通じてさらに強化された。もしかしたら、日米同盟は晴れて完成したのかもしれない。ヒロシマにはもう、日米関係の矛盾を問う力はない。もはや死語かもしれないが、かつて「オバマジョリティ」と浮かれていた時点ですでにアメリカを問う力を失っていたのだろうが、完全に萎えた。ヒロシマは終わった。

1　ヒロシマの影

広島平和記念公園の地面に塗り固められた分厚いコンクリートの下には今でも遺骨が埋もれている。そんな証言を何度か聞いたことがある(1)。毎年8月6日に平和記念式典が開かれる広島平和記念公園は、戦後広島が復興に邁進するなか、原爆のトラウマ、その傷を抑圧するように、遺骨をすべて回収しないままに作られた。記憶と忘却。ヒロシマはヒロシマを記憶しながらヒロシマを忘却してきた／いる。

オバマ大統領が訪れたあの日、コンクリートの下に眠る骨たちは、どうしていただろうか。「和解」を演出するあの場面で、骨たちは立ち上がっただろうか。オバマ大統領は、あの感極まった被爆者は、足元の骨たちの存在を感じていただろうか。そして、「和解」に感動している人々は、骨たちのことを想像しただろうか。

もっとも、私は、ヒロシマを生き抜いてきた被爆者の切実な想いや、「核なき世界」を掲げるオバマ大統領の崇高な理想を全否定しようとは思わない。被爆死した12人の米兵捕虜を研究されてきた、ご自身も被爆者である森重昭さんは、きっと、12人の米兵の死者たちと共に生きてこられたのだろう。だから、彼らの国の大統領が初めて広島を訪れ、やっと死者たちが報われたと感極まられたのではないか。オバマ大統領の「核なき世界」は、誰もが知っているように矛盾だらけではあるが、理想そのものは本心なのだろう。ただ、しかし、こぼれ落ちるものが多すぎる。「和解」、あのシーンを見て、感動している場合ではない。

埋もれたままの遺骨を発掘して、弔うこと。これが生きている者の通すべき筋だろう。コンクリートの下の骨たちに想いを寄せないまま、土足で踏み躙るように、「和解」に盛り上がるなどは罰当たりというものだ。この怒り、もどかしさは、きっと、私だけのものではないだろう。「黒い雨」が降った地域に住んでいて被爆したにもかかわらず、国から原爆症と認定されないままの人たち（死者たち）。爆心から遠く離れてはいても何かしらの形で内部被曝し原爆症を患った人たち（死者たち）。2006年5月の大阪地裁、入市被曝者が初めて原爆症と認定された時にはすでに亡くなっていた多くの入市被曝者とその遺族たち。

ヒロシマの影。影の被曝者。政治・運動の表舞台には出てこない。原爆症と認定されない。自ら被曝者であることを名乗り出れない。ヒロシマの影。影の被曝者。そして、その2世、3世。

ヒロシマ（の影）は、アメリカはおろか、自国である日本と「和解」できていない。ヒロシマ（の影）は、「和解」はおろか、見捨てられてきた。コンクリートの下に眠る骨たちのように。さらには、日本からアメリカへ、アメリカの核戦略のモルモットとして献上されてきた(2)。

日米の茶番に騙されず、時代の重さと速さに流されず、怒ること。分厚いコンクリートを鶴嘴で叩き割り、骨たちを発掘し、抱き取ること。ヒロシマの影を潜ること。「和解」、あのシーンを見て、感動している場合ではない。

2　フクシマ、デブリの再臨界

東京電力福島第一原発のメルトダウン、メルトスルー、メルトアウト。1号機の水素爆発。2号機のベント失敗。3号機の核爆発。収束しない原発事故。収束しない核汚染。フクシマ。今ここの、この最も過酷な近代を、あなたはどう生き抜いていますか。

ヒロシマを問うことはフクシマを問うことである。フクシマを問うことはヒロシマを問い直すことである。ニュークリア。原爆は原発。原発で生み出される使用済み核燃料が原爆の元になる。ヨウ素やセシウムやプルトニウムなど、原爆で放出される人工放射性核種と原発の大事故で放出される人工放射性核種は同じだ。何よりも、私のこの身体からすれば、放射線障害は原爆も原発も同じだ。ヒロシマはフクシマだ。

フクシマ後、ヒロシマを問うとき、その理念を突き詰めて言えば、ヒロシマから「核なき世界」を求めるとき、フクシマを無視することはできない。フクシマを無視したまま「核なき世界」を問うことは欺瞞でしかないし、フクシマの隠蔽でしかない。

「核なき世界」を本気で求めるのなら、フクシマと向き合うのが筋だろう。フクシマ後の収束しない原発事故、収束しない核汚染を生きる今ここで、「核がなくならない世界」としかと向き合うこと。ここが「核なき世界」を問うことの出発点だ。もうひとつ、私が直視したいフクシマの現実。それは、溶け落ちた核燃料、デブリの再臨界だ。

福島県ホームページの「ふくしま復興ステーション」では、福島県内の下水処理場の「下水道終末処理場放射性物質濃度モニタリング結果」(3)を公表しており、核分裂生成物の主要三核種であるヨウ素131(半減期8日)、セシウム134(同2年)、セシウム137(同30年)の脱水汚泥1kg当たりの量(ベクレル)と降雨量を知ることができる。ここでは、フクイチの北西60kmに位置する「県北浄化センター」に着目したいのだが、このフクイチからそう遠くない下水処理場のモニタリング結果を通じて、現在のフクイチの状況を推測することができる。

ヨウ素131が検出されるということは核分裂反応、すなわちデブリの再臨界を示唆するのだが、この5年間のデータを見ると、常時ではないしセシウムと比べれば頻度は少ないものの、何度となくヨウ素が検出されている。「ヨウ素の検出＝再臨界」と短絡的には考えられないかもしれないが、再臨界を疑わせる現象として注目するべきなのは、不検出の日がしばらく続いた後にヨウ素が検出されだすと、それに釣られるようにしてセシウムの量も増えている時が実に多いことだ。2016年で言えば、1月末と5月末と10月、2015年で言えば、5月末から6月初旬にかけてと7月全般にかけて、そうした傾向が顕著に見られる(4)。

ヨウ素が検出されたのは、甲状腺治療に使用する医療用の放射性ヨウ素を病院が廃棄したり、ヨウ素を投与された患者が排泄したためという説もある。それも一理あるし、事実そうなのだろう。しかし、それだけでは、ヨウ素だけでなくセシウムの量も一緒に増えていることの合理的説明にはならないだろう。甲状腺治療を行う際、医者は患者にセシウムは投与しないからだ。また、ヨウ素とセシウムが一緒に増えているのは一度や二度ではないのだから、単なる偶然と片付けることもできないだろう。原因は一つではなく複数あるのだろうが、再臨界と考えた方が合理的な場合もあるのではないか。もっとも、デブリ全体の再臨界と考えるのは針小棒大であるが、少なくとも、この5年間、デブリの部分的な再臨界、あるいは、短時間の小さな再臨界は断続的に起こってきた／いると考えるのが合理的だろう(5)。

とは言うものの、私にだって本当のところはわからない。訳がわからない。フクシマはスリーマイルともチェルノブイリとも次元の異なるこれまでに前例のない過酷事故であるゆえに、また真実の情報が限られているゆえに、さまざまな憶測が飛び交ってしまうのが実情だろう。チェルノブイリと同様に、すべての真実が明らかになるまでには長い年月がかかるだろう。

だが一方で、私はふと、こうも思う。デブリの再臨界は「放射脳」、単なる思い込みに過ぎず、仮にヨウ素の検出は甲状腺治療にのみ起因するものだとしても、これって、充分に地獄じゃね？かと。チェルノブイリの再現。チェルノブイリはフクシマの未来だ。いや、チェルノブイリよりも悲しい未来がすでに始まっているのかもしれない。

フクシマ後、崩壊があまりにも速すぎて、私たちのこの世に対する感覚は麻痺してしまっているのではないか。地獄に生きているということ。地獄を更新し続けているということ。つまり、奈落の底へと突き進んでいるということ。チェルノブイリからフクシマへ。道だ。もともと地上にはなかった奈落の底への道が道になったのだ。ここが出発点。怒りのデス・ロード。さあ、反撃の狼煙を上げろ。

溶け落ちた核燃料、デブリはどこにあるかわからない。放射線量が高すぎて、人はおろか、ロボットも近づけない。仮に場所を突き止めたとしても、どうすることもできないだろう。チェルノブイリのデブリ、「象の足」は、どこにあるかわかっているのに、冷温停止状態なのに、石棺、蓋を被せることしかできないのだ。ましてや、地中にめり込んで再臨界している（かもしれない）デブリを取り出せるはずがない。端からそうだったが、東京電力に事故処理を任せるのではなく、世界の叡智を集めて取りかからなければならないほど事態は深刻だ。「廃炉」というマジックワードで思考停止に陥っている場合ではない。

現在フクイチで行われている作業は、「廃炉」、つまり原子炉の解体撤去ではなく、事故処理だ。東京電力が２０１４年に設置した「福島第一廃炉推進カンパニー」は、正しくは「福島第一事故処理推進カンパニー」である(6)。フクイチの原子炉は「廃炉」、すなわち解体撤去することはできない。炉心に近づくことも触れることもできないのだから、「廃炉」、解体撤去はあり得ない。チェルノブイリと同様に、石棺が精一杯だ。石棺は「廃炉」ではなく事故処理であり、「廃炉」の不可能性を示している。フクイチの「廃炉」は神話でしかない。「安全神話」から「廃炉神話」へ。原子力ムラは今、フクイチの絶望的状況を直視させず、人々を思考停止に陥れるための「廃炉」キャンペーンを繰り広げている。嗚呼、原子力ムラ。南無阿弥陀仏。

3　フクシマの影

果たして、メルトダウン、メルトスルー、メルトアウトした3つの原子炉をこの国は抱え込めるだろうか。私はリアルにこの国の滅亡を予感している。それは、自壊を先送りしてきた資本主義の終わりとも重なる。アベノミクスに2020東京オリンピック。フクシマ後、状況があまりに過酷だからこそ、状況と向き合うのではなく、逆に、この国は夢を見ながら目一杯悪あがきしてきた。自壊を先送りしてきた。だが、それも時間の問題だろう。アベノミクスは失敗し、2020東京オリンピックは（裏金問題以前に）開催できない。

しかし、この国に生きる人々にとって、最も深刻な問題は、破綻する経済でも、開催されない東京オリンピックでも、国家の滅亡でもない。最も深刻なのは、水だ。水の核汚染だ。経済が破綻しても、オリンピックが開催されなくても、国家が滅亡しても、社会や共同体やコミュニティは在り続ける。人が二人以上生きていれば、そこに社会は在る。ただ、そこに生きる人々の生活を根底から支える水の核汚染が終わらないのだ。

原子力規制委員会が公表している「上水（蛇口水）のモニタリング」(7)を見ると、東京都の水道水はフクシマ後、一定して、福島県よりも核汚染度が高い。例えば、2016年4月から6月分までのデータを見ると、福島県（福島市）の水道水の放射性物質の量は、1リットル当たり、ヨウ素131が不検出、セシウム134が0・00041ベクレル、セシウム137が0・0017ベクレルである。一方で、東京都（葛飾区）の水道水の放射性物質の量は、1リットル当たり、ヨウ素131が不検出、セシウム134が0・0014ベクレル、セシウム137が0・0073ベクレルである。

水道水の核汚染が端的に示しているのは、フクシマの影響は福島県だけではないということだ。首都圏が、日本の広範囲が、核汚染されている。水だけではなく、土が、山が、川が、海が、大地の隅々が核汚染されている。そして、再臨界。

もっとも、水道水の核汚染度は、「基準値以下」ではある(8)。しかし、飲食であれ、お風呂であれ、毎日口にしたり触れる水である。人は生きている限り、水を飲み、水に触れる。人の身体は水でできている。とすれば、私の身体は今、核汚染された水でできている。私は被曝している。低線量内部被曝。そう。フクシマ後、私が被曝者なのだ。私はフクシマの影、影の被曝者。

フクシマの影からヒロシマの影へ。フクシマ後を生きる私は、影を通じて、ヒロシマとチョッケツしている。ヒロシマの被爆者は、他者であるが、他者ではない。ピカではないが、目に見えないところで、少しずつ、内側からじわりじわりと核に侵されている。内部被曝。見えない被曝。影の被曝。影の被曝者。その影の中で、私は本当の意味で、命がけで、「核なき世界」を求める入り口に立った。

フクシマ後、「核なき世界」を問うその出発点は、デブリの再臨界であり、今ここの「核がなくならない身体」である。核はなくならない。「核なき世界」は実現しない。だから、どうした。私は生きる。フクシマを直視する。ヒロシマを問い続ける。(内なる)核と向き合う。食を見つめ直す。水の有り難さを知る。被曝弱者の子供を守る。子供と遊ぶ。田んぼをやる。読書会をやる。怒る。笑う。泣く。愛す。言葉を紡ぐ。詩を書く。

4　イカタ、過去は変えられないが未来は変えられる

私は、伊方原発運転差止広島裁判(9)の原告になった。正直、朝鮮人の私が日本の司法に関わるのは気が引けたのだが、今はそれどころではない。

愛媛県に在る伊方原発は、世界有数の大断層帯である中央構造線のほぼ真上に位置しており、なおかつ、巨大な断層の運動によって生じた破砕帯を伴うボロボロの岩盤(ダメージゾーン)に建っている(10)。2016年4月、中央構造線は熊本大地震を引き起こした。その後、震源は熊本県から大分県へと広がり、さらに東の愛媛県などに拡大するのではないかと懸念されている。また、伊方原発は、発生が予想されている南海トラフ巨大地震の震源域ぎりぎり

に位置している。

原発は地震には耐えられない。それはフクイチ1号機の水素爆発から得られた教訓だったはずだ。たとえ原発事故が起きなくても、伊方原発は通常の稼働中でもさまざまな放射性物質を環境中に日常的に放出している。瀬戸内海が、広島が、中国地方が、日本が、アジアが、地球が危ない。

核戦争は、戦争は止められる。人間がすることだから、人間の手で止められる。しかし、人間も原発も、地震には敵わない。自然には敵わない。東日本大震災以降、日本列島は地震の活動期に入った。フクシマだけでも事態は深刻なのに、さらに巨大地震に襲われて、イカタがボロボロの岩盤もろとも瀬戸内海に崩落したら。

人類。私はこの言葉をフクシマ後に初めて紡いだ。人間を、近代人を脱皮して〈サラム　ひと〉、人として生き直すことがきっかけになったのだと思う。人と人類、この二つはチョッケツしている。国民と人類、民族と人類、この二つはチョッケツしない。国民を克服しない限り、民族を越えない限り、人類を語ることはできないし、人類は見えない。

フクシマ後、私はアナキストになった。ただのアナキストではない。朝鮮と日本を愛憎する民族主義者。民族主義者で、アナキスト。〈サラム　ひと〉、私は朝鮮と日本のダブルだ。核が、核汚染が、私の本能を覚醒させた。そして、〈サラム　ひと〉として、人類を直感的に語るようになった。

国民国家にはホトホト愛想が尽きた。国民を連呼しながら民主主義を掲げる人たちにも、賛同しつつ違和感を覚える。だって、私はこの国の国民ではないから。あなたたちの背後には、朝鮮人が、アジア人が、人類がいる。だから、「国民なめんな」だけでは足りないのだよ。「人類なめんな」。憲法9条の改正は国内問題ではない。国際問題だ。フクシマと原発再稼働は地球規模の問題であり、人類の現在と未来に関わる問題だ。ヒロシマは、昔も今もそしてこれからも、矛盾を抱えながら、非戦と非核のメッセージを発信してゆく。誰に？　人類に。

「被爆地ヒロシマが被曝を拒否する——過去は変えられないが未来は変えられる——」。伊方原発広島裁判原告団の宣言だ。私は深く共感する。ヒロシマとフクシマ。このチョッケツラインが、イカタを止める。未来を変える。チェンジだ。今、この笑えない破綻した現実の裂け目から、まともな道徳が生まれている。

「核なき世界」は実現しない。それが、どうした。私は生きる。人類はそれでも生きる。たとえ明日世界が滅びようと、私は今日、稲を植える。コナギ、オタマジャクシ、ミズカマキリと共に、私は自然の一部。

註

（１）広島平和記念資料館のホームページにも、「平和記念公園から出土した遺骨　昭和３０（１９５５）年　中島町——平和記念公園の工事中、食器のかけらや黒焦げになった家財道具とともに、多くの遺骨が掘り出された。かつてここに、にぎやかな街があり、たくさんの人が暮らしていたことを、改めて思い起こさせる出来事であった」とある。http://www.pcf.city.hiroshima.jp/virtual/VirtualMuseum_j/exhibit/exh1002/exh100205.html
（２）笹本征男『米軍占領下の原爆調査：原爆加害国になった日本』（新幹社、１９９５年）とNHKスペシャル『封印された原爆報告書』（NHKエンタープライズ、２０１０年）を参照。
（３）http://www.pref.fukushima.lg.jp/site/portal/gesuido16.html
（４）雨が降ると放射性物質が洗い流されるので、降雨量が多い翌日や翌々日にかけては下水道のセシウムの量が増えるのだが、ヨウ素の量が多い時には降雨量関係なしにセシウムの量も増えている。２０１５年と２０１６年に絞って見てみれば、傾向として、セシウム１３４とセシウム１３７の合計が１００ベクレルを超えると普段よりも多量の放射性物質が検出されていると見なすことができるのだが、１００ベクレルを超えるのは、決まって、前日か前々日に雨が降っているか、ヨウ素が連日に亘って検出されているかのどちらかだ。私が特に注目したいのは、前日の降雨量が0なのに多量のヨウ素とセシウムが検出されている時だ。傾向として、そうした状態の日は約20日間連続で続き、その間は連日ヨウ素もセシウムも多量に検出されている。

例えば、2015年5月25日の放射性物質の量は、ヨウ素131：574・3ベクレル、セシウム134：32ベクレル、セシウム137：97ベクレル、セシウム合計：129ベクレルである。同日までは5日間降雨なし。5月20日から6月10日まで22日間連続でヨウ素131が検出されている。

同年7月12日の放射性物質の量は、ヨウ素131：958・1ベクレル、セシウム134：44ベクレル、セシウム137：98ベクレル、セシウム合計：142ベクレルである。同日までは2日間降雨なし。7月9日から29日まで21日間連続でヨウ素131が検出されている。

2016年1月22日の放射性物質の量は、ヨウ素131：646・7ベクレル、セシウム134：31ベクレル、セシウム137：78ベクレル、セシウム合計：109ベクレルである。同日までは3日間降雨なし。1月21日から2月8日まで19日間連続でヨウ素131が検出されている。

同年5月27日の放射性物質の量は、ヨウ素131：909・1ベクレル、セシウム134：41ベクレル、セシウム137：76ベクレル、セシウム合計：117ベクレルである。同日の前日までは5日間降雨なしで、同日に3㎜の降雨量。5月26日から31日まで6日間連続でヨウ素131が検出されている。

同年10月23日の放射性物質の量は、ヨウ素131：809・5ベクレル、セシウム134：33ベクレル、セシウム137：73ベクレル、セシウム合計：106ベクレルである。同日の前日までは5日間降雨なし。10月20日から11月27日まで一ヶ月以上に亘ってヨウ素131が検出されている。

推測の域を出ないが、このように、前日の降雨量が0なのに多量のヨウ素とセシウムが検出されているのは、手洗い、うがい、洗顔、入浴、洗濯などによって、身体に付着した土や土ぼこりとともに、デブリの再臨界によって飛散した放射性物質が洗い流されたためではないだろうか。おそらく理由はその他にもあり複合的だろう。

なお、日本の法律で定められている、放射性物質の環境への放出が許される濃度に関して言えば、原発事故前は放射性セシウムが100ベクレル以上であれば放射性廃棄物として厳重に保管することが義務づけられていたが、原発事故後、基準値は100ベクレルから8000ベクレルに引き上げられた。したがって、上記の脱水汚泥の核汚染度は、「基準値以下」ということになる。

（5）

もうひとつ、デブリの再臨界を考えるうえで参考になるのが、『週刊プレイボーイ』2015年10月25日の記事「フクイチ周辺にだけ発生する〝怪しい霧〟に〝異様な日焼け〟が警告するものとは」（http://wpb.shueisha.co.jp/2015/10/25/55426/）である。フクシマ後、マスメディアが完全に萎縮して社会的役割を果たせていないなか、原発事故に関して最も信頼できるマスメディアは本誌だ。科学的に不十分なところはあるものの、この記事が特筆に値するのは、２０１５年夏のフクイチの現場近くを取材していることだ。現場の取材以上に説得力があるものはない。しかも２０１５年夏と言えば、フクイチ周辺にだけ発生する霧や水蒸気（トリチウム水蒸気）をめぐって物議を醸していた時期だ。同記事で取材班は、フクイチ沖１５００ｍの海水1リットルと海底（深さ１５ｍ）の海砂約3kgを採取し専門機関に依頼して測定したり、フクイチ周辺に出現する霧の塊について詳細にレポートしている。

（6）同様に、開沼博らが出した『福島第一原発廃炉図鑑』（太田出版、２０１６年）は、正しくは『福島第一原発事故処理図鑑』である。
（7）http://radioactivity.nsr.go.jp/ja/list/194/list-1.html
（8）飲料水の放射性セシウムの基準値は、１０ベクレルである。
（9）詳細は、http://saiban.hiroshima-net.org を参照。
（10）伊方原発の危険性に関しては、『週刊金曜日』（２０１６年10月21日、１１０９号、３０〜３１頁）に掲載された早坂康隆・広島大学准教授のインタビューを参照。

初出一覧

本書に収録された作品の初出は以下の通りである。

「サラム　ひと」
『越境広場』（0号、2015年3月、越境広場刊行委員会）
「ウシロカラササレルを越えて」
『越境広場』（0号、2015年3月、越境広場刊行委員会）
「日本の滅亡について」
『社会運動』（419号、2015年7月、市民セクター政策機構）
「近代を脱する——李箱『倦怠』論」
『社会文学』（42号、2015年8月、日本社会文学会）
「目を瞑ろう」
『越境広場』（1号、2015年12月、越境広場刊行委員会）
「国民サルプリ」（原題は「コクミン・タリョン」）
『越境広場』（1号、2015年12月、越境広場刊行委員会）
「私はあなたにこの言葉を伝えたい」
『抗路』（2号、2016年5月、抗路舎）
「アナキスト　ひと」（原題は「アナーキスト　ひと」）
『越境広場』（2号、2016年7月、越境広場刊行委員会）
「影の被曝者——ヒロシマ、フクシマ、イカタ」
『現代思想』（第44巻第15号、2016年8月、青土社）
「サラム　ひと・人類・アジア」
書き下ろし　2017年5月
「クオキイラミの言葉」
書き下ろし　2017年10月
「サ・サム　ひと」
書き下ろし　2018年5月

収録にあたり加筆・修正を施した。

解説

崔真碩同志の思想

行友太郎

1　滅亡について

崔真碩同志は、広島で暮らす私たちの前に、「残恨（ザンパンン）」として登場した。彼は、野戦之月海筆子の芝居「阿Q転生」の中で、「残った恨み」と名乗る朝鮮人の男を演じていた。髪はオールバック、瞼に黒いシャドウを引いていた。イカついヤツ。これが、私たちの最初の印象である。そして、芝居の中で彼はこう言った。

世界の目標は崩壊することだ。だからこそ、崩壊しない。

日本に暮らす私たちは、２０１１年3月12日の東京電力福島第一原発の爆発以降、崩壊へと向かっていく世界を、今まさに見つめ、皮膚で感じとっている。この人類史上最大級の産業事故は、現在に至るまで収束する兆しはない。溶融した核燃料がどのような状態であるか誰も把握していない。誰も把握できていないということは、誰もどう対処するべきなのかを分かっていないということである。廃炉の目処すら立っていない。凍土壁は、築かれた傍から、溶融した核燃料が発する熱で溶かされ続けている。地下水は汚染され、汚染水は海に流れ込む。汚染は循環する。核燃料探索のために崩壊した原子炉内部へ派遣されたロボットも任務の半ばで溶け落ちた。こうして、放射性物質は日々放出され続けている。日々拡散を続けている。これまで、自然と人との交感で、人と人との交流で成り立ってきた、人々が生活を営んできた場が、破壊されていく。破壊された場所を追われた私たちがたどり着くのは、全てを人工的に管理され計算された生活空間である。ここなら安全に安心して労働と消費に専念できる、少なくとも自分だけは、というわけだ。私たちが経験しているこの状況は「崩壊」であると言える。

朝鮮人である残恨は、植民地主義者が己の民族を制圧し、生活世界を強奪していったさまを、「崩壊」と表現した。そして、崩壊を目の当たりにしている日本で暮らす私たちは、植民地主義に踏みにじられた人々の魂から発せられた「崩壊」という言葉を、ついに理屈抜きで感覚出来るようになった。これは間抜けで呑気な話である。近代国民国家日本が追求して来た二つの代表的な目標である植民地主義と核開発は、性根が同じものだということを、今頃になって理解したのである。両方とも人間の生活に対して崩壊をもたらし、挙句の果てに自壊する。近代国家日本は、植民地主義侵略を植民地に住む人々の抵抗により粉砕され、原子爆弾による核爆発で広島と長崎が破壊し尽くされた経験を持っている。そして人々は、この経験に対する思想的営為も豊富に持っている。既に人々にとっては崩壊は明白だった。だが、崩壊しても人々は生きている限り生活を続けねばならない。思想を糧に生き続けるしかない。一方、国家は国家である以上、政治を続けなければならない。この政治とは、カネ勘定と取引のことである。人々が為した思想的営為には目を瞑りながら取引に精を出している。生きている人間と国家や政治は全く疎遠である。人間が理解していることを国家や政治は理解しないのである。

政治は知らぬが／知っている！／つらいくらしに／わるい　とりひき。

（金時鐘「うた　またひとつ」）

武田泰淳は、近代の自壊を「滅亡」の一つとして捉え、全的滅亡、徹底的滅亡と比して、それは消化作用や内臓運動によって生じるような部分的な滅亡に過ぎないとした。同時に、人間が部分的な滅亡により、全的滅亡、徹底的滅亡の片鱗に触れることは、その巨大な時間と空間を瞬間的に取り戻すことであるとも言った。
自己や家族の構成員の生滅について心をわずらわされている私は、せいぜいその生滅に関係のある範囲で、世界戦争を考える程度で、世界という個体の生滅を、永い眼で、大まかに見てとることをしない。世界の持つ数かぎりない滅亡、見わたすかぎりの滅亡、その巨大な時間と空間を忘れている。だが時たま、その滅亡の片鱗にふれると、自分たちとは無縁のものであった、この巨大な時間と空間を瞬間的にとりもどすのである。
（「滅亡について」武田泰淳）

広島で2010年から暮らしはじめた真碩同志と私たちは、共に本を読み議論する場を作った。武田泰淳の「滅亡について」もその中で読んだ本の一つである。議論を交わす中で「目を瞑ろう」という詩が生まれた。「正気の沙汰じゃない　勝機はない」とたたみかける言葉が、ヒップホップのライムのようなリズムを持っている。これはビビりの日本へ向けて放たれた「ギザギザハートの鎮魂歌」（田我流）だ。国家は目を瞑り滅亡を見ようとせず、私たちは目を瞑り滅亡に神経を集中させる。最初、真碩同志は私たちの前に「崩壊」という言葉を携えてあらわれ、だからこそ「崩壊」はしないと言った。数年を経て、原発が爆発したあとで、崩壊のあとで、私たちは共に「滅亡」という言葉と出会った。崩壊と滅亡。そして、真碩同志はここでもまた、こう書き付けるのだ。

メルトダウン　メルトスルー　メルトアウト／溶け落ちた核燃料　デブリが地下水脈に達した／再臨界／さあ　今ここが　始まりだ
（「目を瞑ろう」）

彼の思想は一貫している。ビビってる場合ではない。私たちは既に崩壊と滅亡の真っ只中で生きている。いつも心に滅亡を。滅亡こそ歴史。滅亡こそ未来。

2　ヘイト・スピーチ

真碩同志は民族を否定しないが、民族を越えねばならないと言う。同時に国民を克服せねばならないとも言う。だが、私たち日本人は、そもそも克服すべき国民を、越えるべき民族を、私たち自身のうちに持っているのだろうか？実際のところ、私たちは国民も民族も自分自身の中に持っているとはもはや言えない。完全にシラけ切っている。だから、都合の良い時に国民になり、民族を掲げることが出来るのではないか。国民であることの悲惨さや、民族であることの哀しみをもはや持っていないから、簡単に残酷になることが出来るのではないか。もし己の民族のことを誇りに思うのならば、他の民族が持っている誇りに対して尊敬の念を抱くはずではないか。ヘイトスピーチに興じる人々は己の民族を徹底的に誇りに感じることが出来なかったから、目の前に他の民族が現れた途端に、人間ではなく障害物と見なすのではないか。彼らが対峙しているのは生身の人間ではない。

国民の場合はさらに酷い。国家はカネ勘定と取引が専門であると先に述べた。私たちは収入があろうがなかろうがカネと関わる限り国家に税金を払うことになる。巧みな仕組みである。カネと関わりなく生きることは現実的にほぼ不可能だからだ。国家は闇金と同じように、全額返済は求めないが、払えるだけの利子は死ぬまで確実に取り立てる。しかも死んでも取り立てに来ることもある。もうこう言っても良いだろう。国民とはカネのことなのである。私たち自身がカネなのだ。国家は私たちのことをカネだと思っているのである。

もちろん、生身の人間がカネではないことは国家以外なら誰でもわかる。だから、私たちは国民ではない。しかし、民族は残る。民族は人間が形作るものだからだ。それにも関わらず、日本人は自らを国民とも民族とも思っていないとすれば、一体なんなのか？　単にシラけているだけであると考えれば、いつでも自由に国民や民族になれる、ポストモダンな最先端のゲームプレーヤーということになるだろう。シラけてばかりでは退屈するので、気晴らしに国民や民族になれるなら、たまにはいいんじゃないか、といった調子である。

ああ　賭けてみた／負けたら　一回死ぬだけさ
（「死にませんが？」坂本慎太郎）

だが、国民も民族もないということが、未来からの呼びかけを私たちが受け取っている状態である、と考えてみるとどうなるか。真碩同志は言っている。国民でも民族でもない、人類なのだと。人類とは民族の未来の姿なのだ。シラけた態度は歴史にもシラけている。だが、日本帝国主義は、自らが国民であり民族であると言えなくなる地点まで来てしまった血まみれの歴史を経験している。それは、日帝が東アジアに加え続けてきた植民地主義的暴力に目を瞑らないことではっきりと理解できる。つまり、それは歴史の返り血を浴びることだ。未だ血の乾かない自らの傷に返り血を擦り込むことだ。

一方から見ると、ナショナリズムとの対決をよける心理には、戦争責任の自覚の不足があらわれているともいえる。いいかえれば、良心の不足だ。そして良心の不足は、勇気の不足にもとづく。自分を傷つけるのがこわいために、血にまみれた民族を忘れようとする。私は日本人だ、と叫ぶことをためらう。しかし、忘れることによって血は清められない。いかにも近代主義は、敗戦の理由を、日本の近代社会と文化の歪みから合理的に説明するだろう。それは説明するだけであって、ふたたび暗黒の力が盛り上ることを防ぎ止める実践的な力にはならない。アンチ・テーゼの提出だけに止ってジンテーゼを志さないかぎり、相手は完全に否定されたわけではないから、見捨てられた全人間性の回復を目ざす芽がふたたび暗黒の底からふかないとはかぎらない。そしてそれが芽をふけば、構造的基盤が変化していないのだから、かならずウルトラ・ナショナリズムの自己破滅にまで成長することはあきらかである。

（「近代主義と民族の問題」竹内好）

つまり、ジンテーゼとは人類だ。私たちが国民でも民族でもないならば、人類なのだ。国民も民族も、人々のより合理的で暴力的な統治を可能にすべく、近代が生み出した双子の概念である。国家は単なる「くに」だった。民族は単なる「族」だった。人々が共に生きる場を幻視するための概念だ。それらを揚棄する人類こそ、本当のポストモダンの合図だ。しかし、私たちは、血にまみれた民族を、血まみれの国家を、そして東アジアを血まみれにした暴力を、血まみれの歴史を、流された血を、自らの傷に擦り込む。そして、血まみれで「拒日」というアンチテーゼを立てる。そうして、はじめてジンテーゼたる人類という言葉に出会うことができる。私は、この雑文を真碩同志を差別し糾弾した人々への呼びかけとして書いている。彼らと私たちが共に人類として逆転することを呼びかけている。

みんな人。人でなしでも、人は人。お互いに人であることを知ること。この当たり前すぎる原点に立つことが、ヘイトスピーチを乗り越える、その道筋なんだと思う。

（「私はあなたにこの言葉を伝えたい」）


真碩同志が言う当たり前のこの感覚が、どんな理屈よりも重要だ。一方が一方に対してもっともそうな説教を垂れて、それが最終的には恫喝となり、相手を屈服させて終わるような状況ではまだダメだ。ヘイトスピーチに私たちはひとりの敗者もなしに勝利せねばならない。ヘイトスピーチだけではない。国民に、民族に、ひとりの敗者もなしに勝利せねばならない。この節の終わりに、真碩同志の言葉と共鳴させるべく、エルンスト・ユンガーの言葉を引く。

あらゆる民族が苦悩を共にしており、それゆえ平和はあらゆる民族に果実をもたらさなければならない。言い換えれば、この戦争においては万人が勝利しなければならないのである。

（「平和」エルンスト・ユンガー）

3　サラム　ひと、そして詩人

真碩同志はある時から、詩でしか自分の考えることを表現できなくなったと言った。現実の過酷さが麗しい散文的思考の流れを許さないと感じたのか。それとも、現実の過酷さを合理的に説明できる術は、最早ありえないと考えたのか。言葉を塊として、「石ツブテ」として現実に投げ込むしかないと感じたのか。議論を重ねながら、私たちも似たようなことを考えていた。「意識よりも遥かに速い直感」を言葉で表現できるのは、もはや詩しかない。それは、リズム、グルーヴだからだ。崩壊と滅亡が皮下へ浸透してしまうような瞬間に、悠長なことは言ってられない。合理的な説明が崩壊する地点で、言葉の崩壊に理性を持って抗いつつ、吐き出せる言葉は詩的言語しかない。だが、真碩同志も私たちも詩人であると自ら名乗りはしないし、自らを詩人とも考えていない。石川啄木はこう言っている。

> 最も手取早く言えば私は詩人という特殊なる人間の存在を否定する。詩を書く人を他の人が詩人と呼ぶのは差支ないが、その当人が自分は詩人であると思ってはいけない、いけないと言っては妥当を欠くかも知れないが、そう思う事によってその人の書く詩は堕落する……我々に不必要なものになる。詩人たる資格は三つある。詩人はまず第一に「人」でなければならぬ。第二に「人」でなければならぬ。第三に「人」でなければならぬ。そうして実に普通人の有っている凡ての物を有っているところの人でなければならぬ。
> （「食うべき詩」石川啄木）

つまり、「ひと」であることは、そのまま詩人であることなのだ。ひとが人であることは当然だから、「私は人です」と自慢することがないように、詩人は自らを詩人と名乗らない。詩人であることは別に自慢にもならない。人は何らかの思いを詩として表現しようとするとき、「自分は詩人になりました」などと宣言しない。そのような宣言からはじめる者は、自分の社会的立場を確保しようと必死なだけであり、現在の象徴世界における自らの承認を求めているだけである。詩を作ることは、まず自分の言葉を考えつくそうとすることからはじまる。自分の言葉を考えるための条件とは何か。それにはまず「ひと」でなければならない。その「ひと」というのは、人一般を示すのではないし、人の特性を有した何らかという意味でもない。詩人がまず人でなくてはならぬというときの人とは、ひとりの人、具体的でリアルなひとりの孤独者のことだ。そして、孤独者が同時に生活者であることにより、言葉は見つけ出し得る。ひとである限り、生活をしないひとはひとりもいないからだ。「普通が何だか気づけよ人間」（BUDDHA BRAND）。詩のはじまりは明確にこの地点だ。こうして、生活語と組織語の対立において、「ひと」は生活語の側から詩的反抗を開始する。

ところで、私たちが真碩同志がヘイトスピーチを浴びせられることになるきっかけを作った記事を読んだのは、すでに「炎上」が始まった後であった。その記事を読んで驚いたことがあった。記事の中にあった真碩同志が語ったとされる言葉についてだ。

人間はありのままを語ることはできない。だが、物語の力、虚構によって、より真実を鋭く伝えることも可能だ。

（産経新聞　２０１４年５月21日）

これは、紛れもなく真碩同志の言葉だと思った。この記事を書いた記者は真碩同志の言葉を捻じ曲げることなく伝えているではないか。この一言が、ヘイターたちの心にどのように響くのか。これは、真碩同志の言葉であるが、同時に私たちが考えていたことでもある。そのような場を図らずも開いたこの記者は、誠実な心を完全に捨てている人ではないと思った。この記者が本来書こうとした歴史修正主義的史観とレイシズムが散りばめられた論旨を台無しにしてしまう行為がここにある。「私はあなたにこの言葉を伝えたい」でその具体的な当事者同士のやりとりは詳細に語られているのだが、そこには、私たちが想像していたよりも、敵対する者同士でも仁義があるということが示されている。これが、私たちの暮らすアジアの流儀なのだ。「ひと」として振舞うことを忘れていなかった大竹記者も詩人だ。「笑止千万」と啖呵を切る水田くんも、もちろん詩人だ。アジアの詩人だ。そして、こう語るホワイトヘッド・モリ・アナキストも、紛れもなく詩人だ。

私たちの言語は確かに論理を操ることができるが、しかしその一方で、詩的言語をも操ることができる。そして、多くの場合、私たちは詩的言語を発話している。発話を文字起こしして、真偽判断にかけてみれば、多くが偽となるのは明らかだ。文法通りに喋っているわけではない。
（「アナキズム入門」森元斎）

つまりこうだ。詩人はアナキストである。そして、詩人はひとでなければならないのだから、同時にひとはアナキストでもある。これを私たちはアジアの流儀でやる。ひととして言葉をアジアでDIGする。それは、つまりこういうことだ。人は必ずしも正確な言葉で話さない。それぞれがそれぞれの言葉でそれぞれの言語感覚で言葉を繰り出す。ひとが使う言葉は混沌に投げ込まれており、しばしば混乱を来している。こうして、ひとは詩人として混乱した言葉をそれぞれが発するが、それを受け止め応答することで、混乱した言葉を受け止める場が形成され、その場において言葉には意味が与えられる。ひとは生活語に詩的言語のリズムを与える。組織語は詩的言語のグルーヴによって攪乱されるが、同時に生活語にも動揺をもたらす。自分の言葉も相手の言葉も、交わされる言葉が生じせしめる場の磁力で、ひっくり返され、新たな意味を得るチャンスが来る。言葉はそのような場においてはじめて意味を獲得し、思想的グルーヴも形成される。だが忘れてはならないのは、このグルーヴの成分には、リズムだけでなくブレイクも含まれているということだ。ブレイクのパンチが効いてれば効いてくるほどリズムは強くなる。ジェイムス・ブラウンを想起すれば良くわかるだろう。ブレイクはリズムが沈黙とチョッケツする瞬間である。ブレイクは沈黙に神経を研ぎ澄ますことである。つまり、ブレイクは死者の言葉と死者のリズムに呼応することだ。ブレイクとは死者とのフリースタイルだ。そして、この死者の言葉と生者の言葉が交わされるサイファーこそが、詩的言語が生きる場なのだ。バフチンも言っている。

言語が生息するのは、言語を用いた対話的交流の場においてほかにはない。対話的交流こそ、言語の真の生活圏なのだ。言語の生活は一から十まで、それが活用されるどんな分野においても(日常生活的分野、事務的分野、学問的分野、芸術的分野等々)、対話関係に貫かれているのである。
(「ドストエフスキーの詩学」ミハイル・バフチン)

それでも、対話的関係の広がりを前に、詩人たちは根底的に孤独である。いや、むしろ、大独であらねばならぬ。
これは原則だ。真碩同志が攻撃を受けていた時、真碩同志が不在である無念を感じながら、足場を固めるべく、肝を座らせるべく、私たちは集合して章炳麟の「独を明らかにする」を読んだ。真碩同志はそれどころではないよ、と思っていたかもしれないし、覚えていないかもしれないが、真碩同志と共に闘うには独を明らかにするしかないと考えたのだ。

鳳が風に乗って飛ぶ時、幼い鳳は群することができないので、鳥類が一万羽も従う。蜜蜂にはつがいがなく、独であるのに好都合なので、君臣があり、その種類は勢いが盛んである。ここからいうと、小群は大群の賊であり、大独は大群の母である。
(「独を明らかにする」章炳麟)

人類を語ることは孤独なことだが/この独だけが/人類を語ることができる/人類を語るのは/サラム　ひとの魂/危機と滅亡を感知する身体だ
(「サラム　ひと・人類・アジア」)

大独は倫を絶したリズムを刻みつける。リズムはリズムを呼び、絶倫は新たな倫を形作り、挙句の果てには巨大なグルーヴとなる。大群とはグルーヴである。つまり、大独は必ず群する。「サラム　ひと」は必ず群する。人類として目を見開き、耳を澄ます。群は必ず独から成る。人類は、ひとりひとりの「サラム　ひと」がなければ決して生まれてこない。ひとは朝鮮語でサラムという。その二つをチョッケツさせる「サラム　ひと」という響き。ひとはひとであり、独である。独たるひとがサラムと出会う時「サラム　ひと」の社会が、共同体が、街が、村が、コミューンが、サイファーが、サークルが、族が、作られる。独は必ず群を成す。もはやこうなれば、私たちの共同体への希求や相互扶助の在り方は、国民や民族という言葉で捉えて理解する地点を超えている。しかも、サラムという響きは「サラン」つまり愛と、「サラーム」つまり平和と、その語感で音感で直感でチョッケツしている。

この日を待ってたぜ兄弟　オレら生き場死に場問わず
燃やすパトス
(「やべ〜勢いですげー盛り上がる」田我流 feat.Stillichimiya)

私たちの反撃はここから始まる。「サラム　ひと・人類・詩人」として狼煙をあげる。いや、もうすでに始まっている。真碩同志の詩集が詩集かどうかなど関係ない。それが詩かどうかなど関係ない。ここに、私たちが共にする、分有する、真碩同志の思想がある。そして、このバトルには全員が勝つ。死者も、今ここに生きている私たちも、未来の生者も、全てがリアルだ。

著者紹介

崔真碩（ちぇ・じんそく）
1973年、韓国ソウル生まれ、東京育ち。東京大学大学院総合文化研究科博士課程修了。学術博士。現在、広島大学大学院総合科学研究科准教授。文学者。テント芝居「野戦之月」の役者。主著書に『朝鮮人はあなたに呼びかけている——ヘイトスピーチを越えて』（彩流社、2014年）、主編訳書に『李箱作品集成』（作品社、2006年）、主な出演作に『クオキイラミの飛礫——ワタシヲスクエ！』（2017年9月東京）などがある。

サラム　ひと
夜光社　民衆詩叢書1

2018年6月11日　第一刷発行

著　者　崔 真 碩
発行者　川人寧幸
発行所　夜光社
〒145-0071 大田区田園調布 4-42-24
電話 03-6715-6121　FAX03-3721-1922
Yakosha 4-42-24, Den'en-Chofu, Ota-ku, Tokyo, Japan 145-0071
booksyakosha@gmail.com

印刷製本　シナノ書籍印刷

Printed in Japan